不死鳥《フェニックス》渡る

——翼を貰った或る女性の手記①——

風貫　真穂

文芸社

もくじ

それが、何時何処《いつどこ》からどのようにして、何の為にこの地球上にやって来たかは誰も知らないでしょう。でも、私は知っています。少なくともそれが、今日も一人の人間の姿でこの私達の社会の片隅に生きていることを。

天使の白い翼でもなければ悪魔の黒い翼でもない、天国と地獄との間を渡り、三界《さんがい》を経巡り、この世とあの世との間を行き来し、時空の流れと淀みの上を自由自在に飛翔する、無色透明な光と風の翼。

総《すべ》てを温かく包み込もうとする慈愛の火の、或いは総てを焼き尽くそうとする憤怒《ふんぬ》の炎の、燃える羽毛。

静かに輝き続けるその星の瞳は、儚《はかな》く移り行く外界と、それに応じ進化しつつも変わらぬ自分自身の内面とを同時に、有りのままに見守って来ました。

そして、その理性の重みに包み隠された、一旦宙を切ればどんなものをも破り裂き無力化してしまう稲妻の爪と嘴《くちばし》の威力は、過去、幾度か嵐を呼んだことでしょう。

この遙かなる超生命——〈不死鳥〉。

あなたは今何処を飛んでいるのでしょうか。

第一部　幼年期・ノッコとタク

これから私が語ることは別に信じて下さらなくても結構です。どうぞ笑って聞き流して下さい。どこまでが私の経験即《すなわ》ち現実でどこからが私の創造即ち夢想なのか、私自身にも判然としないからです。どちらにしろ、それが私の人生に重大な影響を及ぼしたことだけは事実だったようです。

私と彼との出遇《であ》い――それは私がまだ二つになったばかりの頃。昔々のお話ですがなぜか今でもはっきりと覚えています。後で聞いたのですが、私は誘拐されたのでした。犯人は、当時個人病院の副院長になったばかりの私の父に五千万円もの身代金を要求していたのだそうです。そんなことはともかく、夕方外で近所の子と遊んでいたときに見知らぬ人相のよくない男の人にいきなり車の中へ引き込まれた私は、幼心にも恐怖を感じていつまでもぐずぐず泣いていました。車で揺られているうちに泣き疲れて眠ってしまい、目が覚めるともう翌朝になっていたのでしょうか。車はまだ走り続けていました。しかも、まるっきり見たこともない薄暗い山の中。車がやっと一台通れるほどの細い道を、大きな針葉樹の林の中を縫って走っていました。でこぼこ道だったらしく車がかなり揺れていました。またぞろ私がぐずぐず泣き出して、隣から横目で睨まれつつ揺られているうち。外では空模様が怪しくなり始め、風で木々の梢が騒ぎ出し、小雨がポツリポツリと降り出したそのとき。車の窓のすぐ前方で、ピカッ！　と空を真っ二つに切り裂いた青白い巨大な閃光。ドカーンという大音響。落雷でした。そのあと、運転席の男の悲鳴が聞こえ、バリバリッ、ゴーッという大きな音とともに窓に黒い影が迫り、激しいショックを感じたあとは何も覚えていません。気が付くと私は座席の下に投げ出されていました。フロントガラスはめちゃめちゃに壊れ、窓の外のボンネットの上には、裂けて黒く焼け焦げ、燻《くすぶ》った松の大木が横たわっていました。運転席の男はハンドルを握り締めたまま、頭から血を流して前に突っ伏していました。

それからしばらく異様な静寂が続いたあと。突然車のドアが外から引き開《あ》けられて、いつのまにどこから来たのか黒ずくめの青年が一人、小雨のぱらつく中に立って車の中を覗き込んでいました。色白でどちらかといえば細面、頬から顎にかけて引き締まった感じの、まだどことなく少年の気配を残した顔立ちでした。右の額の上から左頬へ斜めに流れて長く垂れ掛かった前髪。その下からのぞく涼しい目。鼻筋も通っていました。暗い座席の下で縮こまってしゃくり上げていた私を見ると、青年は、睫毛《まつげ》の長い奥二重《おくふたえ》のやや切れ長のその目をちょっと細くして、ちんまりした唇に優しい笑みを漂わせ、体を乗り出して両手をそっと私の方へ差し伸ばして来たのでした。恐怖と空腹から逃げ出したい一心だった私は、一も二もなくその見知らぬ青年の腕の中へ転がり込んでいました。

その日から、人里を遠く離れた山奥の十畳敷きぐらいの広さの山小屋で、その青年と二人だけの生活が始まりました。私は青年をタクと呼び、タクは私をノッコと呼んでいました。私はタクが大好きでした。中肉中背で、腰から脚《あし》にかけて引き締まり、すらりと長い脚。胸・肩・腕に至ってはあの躍動的な三面六臂《さんめんろっぴ》の阿修羅《あしゅら》の像にも似て、逞しいというより強靱なといった方がピッタリの、細めのしなやかそうな体格でした。春は霞と花と鳥の声、夏は緑と水と鳥と虫、秋は草木の実と虫の声、冬は雪と氷の野原や森へ、彼はたびたび私の手を引いて遊びに出ました。その締まった筋肉質の腕や肩や胸は温かくて、抱き上げられたときや一緒に寝転がったとき、或いは追い掛けっこをして彼をつかまえたときや彼につかまったとき、幼い私はしがみついて甘えたい衝動に駆られたものでした。そんなとき彼は、ふさふさと垂れ掛かり乱れた髪の下に桜色の頬を綻《ほころ》ばせ、白い歯を見せて優しく笑い、それに応えてくれるのでした。その大きな器用な手は、小刀一本で私の玩具《おもちゃ》やちょっとした身の回り品など何でも上手に作ってくれましたし、私の御飯やお惣菜をよそってもくれましたし、箸の持ち方や服の着方などまで手取り足取り仕込んでくれたりもしました。

食事の時は、部屋の真ん中にあるテーブルに着き、向かい合って座るのでした。タクは熱いお茶やコーヒーを啜るぐらいで、滅多に食物を口にしたことはありませんでした。テーブルに肘を突いて持ったカップから立ち昇る湯気越しに、じっとこちらを見守っている彼の澄んだ目が、そんな不思議を忘れさせていたのでしょうか。夜は夜で、一緒に寝床に入って私を寝かし付けてくれるのでした。普段はあまり喋らないおとなしい彼も、このときは、彼独特の飄々とした語り口で毎晩いろんな違った話をして聞かせてくれました。後日に本などを読んで、あっ、どこかで聞いた話だなと思えば、このとき彼から聞かされた話であること請け合いでした。実際、彼は非常に物知りで頭のよく切れる青年でした。わからないことは尋ねれば何でもすらすらと、幼い私の頭でも納得のいくように答えてくれるのでした。それも、彼独特の物の見方・考え方や言葉遣いがあったようでした。本もテレビも何も無くても私は退屈しませんでした。そう、彼が一緒にいてくれさえすれば。

タクは一度も怒ったことがありませんでした。たまに私がむずかって言うことを聞こうとしないと、彼は困った顔をしてふうっと溜め息をつき、眉間《みけん》に皺《しわ》を寄せたまま黙って憐れむような眼差《まなざ》しで私をじっと見詰めるだけでした。私はそんな彼を見ているうちにだんだんと、彼に対して悪いような気持ちになって来て、遂には素直な自分に戻らざるを得なくなる始末でした。

夜、私を寝かし付けたあとは、タクは一晩中隅の机に向かって座ったままじっとしていたようでした。そうして時々、部屋の明かり——ランプでした——を消して外へ出掛けて行ったこともありましたが、そんなときは翌朝私が目覚めるまでには必ず戻って来ていました。一度、何をしているのか見極めようとして、寝入った振りをして眠らないで頑張っていたことがあります。折好《よ》く彼が灯を消して出て行ったあと、私はそっと寝床から起き出して、寝間着のまま小屋を出て彼のあとを追って歩き出していました。彼は道の無い暗い森の中へどんどん歩いて行きます。私は必死で目立たぬ彼の黒い姿を追っていましたが、遂に、小さな湖のほとりまで出て彼を見失ってしまったのでした。山小屋に戻ろうにも方角も道もわからず、闇に怯え寒気に震え、目に涙をいっぱい溜めながら木の幹に取り付いてどのくらいの時間じっとしていたでしょうか。突然、吹き始めた強い風。森の木々の枝という枝・梢という梢が一斉にザワザワと騒ぎ出し、空に棚引いていた灰色の厚い雲もその風に吹き流されるように動きが速まっていました。雲間から漏れて来る月の光にほんのりと浮かび上がった湖の水面も、今や賑やかに波立っている様子。そんな時、不意にバタバタバタ……と大きく鋭い羽ばたきのような音が聞こえました。同時に辺《あた》りが真昼のように明るくなり、私はその光が背中の方から照り付けて来るのを感じて後ろを振り向いたのです。そのとき、私の目に映ったもの――

その光景は、十九年余り経った今も脳裏に強く焼き付いて消えません。私の人生に於いても空前絶後の経験といっていいでしょう。

それは一羽の光り輝く大きな鳥でした。翼を展《ひろ》げたら三、四メートルは優にあったでしょうか。素晴らしく尾羽根の長い、羽冠を戴いたその優しい全体の姿態は孔雀に似ていました。が、鋭く強そうな爪と嘴《くちばし》・射るような鋭い目・先の幾つにも分かれた幅広い大きな翼はむしろ鷺に似ていました。からだ全体を包む羽毛の一枚一枚が、目映《まばゆ》い真珠色の透明な光を放って燃えているようでした。まだ幼くて現実と空想の区別ができていなかった所為《せい》でしょうか、そのとき私は少しも自分の目を疑ってはいませんでした。それどころか、初めて見るこの美しい不思議な鳥が、かつてタクから話に聞いたことのある、永久に死なないというあの火の鳥だろうと、何も抵抗を感じることなくいとも素直に受け入れていたのです。

と、鳥は翼を展《ひろ》げて大きく羽ばたき――このときは目眩《めくるめ》くような光が閃《ひらめ》いては飛び交《か》うのでした――、夜空を焦がす花火のように夥しい量の光の粉を撒き散らしながら、ザーッと私の頭の上を越えて木の高い枝へと舞い上がっていました。そしてしばらくその輝く二つの目をじっとこちらに向けていましたが、やがてまた閃く光と共に羽ばたいて、そこから光の尾を引きながらどこへともなく飛び立って行きました。好奇心に駆られて、私はいつのまにかその光を追って走り出していました。初めの太陽をも欺いた明るさは、今は水銀灯の光ほどにしか見えなくなっています。その光に追い付き、また逃げられ……。そうしているうちにだんだん見覚えのある場所に出て来たのに気付いた頃には、その光は月ぐらいにしか見えなくなっていました。そしてぐんぐん離れて蛍の光ほどになり、遂に見失ったとき。私の目に入ったのは、薄白い月光の下に黒々と建っているあの山小屋でした。風は既に止《や》んでいました。

タクが戻って来たのは私が寝床にもぐり込んですぐでした。彼はどこからか大きな荷物でも背負って来たらしく、ドサリとそれを床に降ろす音がしました。まもなくランプの光が部屋中を薄明るく照らし始め、私が薄目を開《あ》けて見ると、果たして彼が荷物を部屋の隅へ引っ張って行くところでした。翌朝の私はいつにない寝坊でした。寝床から起き出してまだ眠い目をこすりながら、やはり気になるあの荷物の中を覗き込むと、なんと、野菜や果物・お魚やお肉・缶詰めや瓶詰め・袋詰めなどの食べ物がぎっしり。

「どう？　これでナットクした？」

その声に振り向くと、彼が笑って立っています。私も笑ってしまいました。

それにしても、あのとき森の中で迷子になった私を山小屋へ導いてくれたような、あの〈火の鳥〉はどこへ消えてしまったのでしょうか。そのことは遂に最愛のタクにすら話さなかったのです。いや、話す必要はなかったのでした。

その後も楽しい毎日が続いていましたが、やがてそれも終わりに近付いて行ったのです。或る日突然タクは私の手を引いて旅に出ました。両親と別れ別れになってのち、物心ついてからそのときまで、人といえばタク一人、生活といえば山中でのことしか知らなかった私にとって、見るもの目新しいものばかり、聞くこと耳新しいことばかり。行く先々で私は盛んにタクに様々な質問を浴びせました。彼はそのたびにやはり少しも面倒がる様子もなく困惑の色も見せずに笑って答えてくれるのでした。たとえばこんなふうに。――

「あっ、見て見て。木で作ったみたいね、あのお人形。」

「うん。コケシっていうんだ。」

「コケシ？　どうしてコケシっていうの？」

「それはね。この辺では昔、家が貧しくて、子供が多過ぎて育てられないと思った時にね、生まれてすぐの赤ん坊を死なせてたんだって。」

「えっ、死なせたの？　まだ生まれたばっかりなのに？」

「そう。とっても可哀相《かわいそう》だろ？　だからさ、あのお人形はね、もともとそういう人が、死なせた子供に御免なさいって謝りたくてね、その子供の代わりに作ったものなの。子供を消してしまった印だよ。だから、『子消し《こけ》』っていうの。」

また、――

「ねえ、どうしてこんなに人がたくさん集まってるの？」

「お祭りだからさ。」

「お祭り？　これが？」

「そう。毎日、同じことばっかりじゃ面白くないからさ、一年に何回か日を決めてね、こうやって変わったことをして楽しんでるの。」

「ふうん。でも、どうして毎日、同じことばっかりして、お祭りの日にしか楽しまないの？」

「あはは……、いいんだよ、それで。あの人達はね、お祭りさえ楽しかったら、普段や後先のことなんかどうでもいいのさ。」

或いはまた、――

「ねぇ、今のあれ、なぁに？　どうして自動車がひっくり返ってたの？」

「交通事故だよ。自動車が速く走り過ぎてね、止まるのが間に合わなかったのさ。人が一人撥《は》ねられて死んだんだって。弾《はず》みで、あそこに乗り上げてひっくり返ったんだろうね。」

「ふうん。ねぇ、自動車って、人が作ったんでしょ？」

「うん。」

「あんな恐いことになるのに、どうして作ったの？」

「あっはは、人はね、そういうつもりで作ったんじゃないんだよ。自動車は速く走れるだろ。行きたいところへ早く楽に行こうと思って、あれを作ったの。初めは、あんな恐いことになるなんて考えてなかったのさ。」

「ふうん」

「いいかい、よく覚えておくんだよ。人が、どんなにいいものを作り出しても、絶対にそれを信じ切ってはいけないよ。あとで必ず悪いことが出て来るんだから。さっきの自動車がいい見本だよ。」――

そうして、タクの背中に揺られて眠り、彼の腕や胸の中に抱えられて眠り、その目に見守られ、その手に引かれて何日歩いたでしょうか。或る日のこと。彼は町外れの一本道の上でタクシーを呼び止めたのです。私一人を後ろの座席に座らせた彼は、運転手にお金を手渡して何か小さな声で言ったかと思うと、そのまま車には乗って来ずにドアを閉めてしまいました。私の驚きも束《つか》の間《ま》に車は走り出し、道端に立ってこちらを見送っている彼の姿がみるみる小さくなっていくのを、私は車の後ろの窓からじっと見ていました。折しも、雲の垂れ籠《こ》めた薄暗い空から遠い地平線にサッと閃《ひらめ》いた青白い稲光一筋。一瞬、あの落雷の日のことを思い出してぎょっとしました。気が付いてみると道の上にはもう彼の姿は見当たらず、風が数枚の枯れ葉と一緒に砂埃《すなぼこり》をぼうぼうと巻き上げているばかりでした。何が起こったのか理解できないでいるうちに、車は町中の小さな病院の前で止まりました。そこで私を出迎えてくれたのは、慌ただしく駆け付けていた警察の人達。そして、もう殆ど忘れかけていたあの懐かしい両親の涙の抱擁だったのです。

一陣の風・一筋の稲妻と共に現れ、消えて行ったタク。私を誘拐犯の手から救い出し、育ててくれ、両親を捜し当ててその許《もと》に帰してくれたその青年が何者なのか、警察では今でも全く手掛かりは——私が彼と暮らした山小屋のある場所さえ——摑《つか》めていないようです。でも、そんなことはどうでもいいのです。彼と共に過ごしたあの三年間は、おそらく、私の一生のうちの最大の謎となり、また最深の秘密となることでしょう。

それにしても、なぜ私が、これほどまで詳しくその青年の容貌や姿態や性格や言動を、手に取るようにはっきりと覚えているのか、そうして、なぜ彼があのとき私の前から去って行かねばならなかったのか、――そしてもう一つ、私が見たあの〈火の鳥〉はどこへ？

――それは、もっと後の話になります。

第二部　思春期・風の瞳

1

幼年期では、自分の見たこと・聞いたこと・感じたことの記述のみに終始してしまいました。誰だってそうでしょうが、幼い時は、観念とか思想などというものが不完全か全く欠けているにも拘《かか》わらず、感覚に訴えられたこと、即ち見たこと・聞いたこと・感じたことなどは驚くほど鮮明に記憶していることがよくあります。そうしてそれが、或いはその上に培われた観念や思想が、その人の一生を支配することもよくあるものです。殊《こと》に私の場合はそうでした。

松宮　仙子（まつみや・のりこ）。これが私の姓名です。両親や近所の人や父の病院の看護婦さんなどからはノリちゃんと呼ばれていましたが、学校の友達からはノッコと呼ばれていました。私は、そう呼ばれながら育った昔の記憶をくすぐるこのノッコという愛称の方が気に入っていました。両親から引き離されたその日からあの見知らぬ青年との生活にすぐ馴染《なじ》み、そして彼に去られ、両親の許《もと》に帰ってからもまたすぐに新しい生活に馴染んだように、元々私は人見知りも分け隔てもあまりしない人懐っこい少女でした。また、現代っ子の例に漏れずテレビや漫画本にも随分夢中になったものでした。そんな私がこの

〈ノッコ〉と共に懐かしい昔の記憶を追い始めていたのは小学校の四年生頃からだったでしょうか。当時五歳ぐらいだった従妹《いとこ》が持っていた一冊の絵本を覗き読みし、それが、幼い日タクから夜伽《よとぎ》に聞かされていた話の一つと一致したのです。それからというもの、私は貪るように、大小長短併せて千話余りにも上る彼の夜伽話の原典を探るべく、手当り次第に本を読み始めたのでした。――それによれば、アンデルセン・ペロー・グリムの童話、イソップの寓話は無論のこと、メーテルリンク・L＝トルストイ・キャロル・バリー・コロディ・ラーゲルレーブ・T＝ヤンソン、宮沢賢治・小川未明・浜田広介・芥川龍之介など、作者は知らずとも、童話といわれる話は数え上げればきりがないほど聞いていたようです。その他、妖精が登場するラテンやケルト系の民話を初め、巨人や竜の出て来る世界中の昔話、鬼や天狗の出て来る日本各地の民話や「御伽草子」など、日本の昔話もまた然《しか》り。それればかりではありません。中学校に上がって図書クラブに入部し、様々な本に親しむ機会に恵まれるようになってから分かったことなのですが、ギリシア・ローマや北欧の神話、古代インドやエジプトの神話、仏教説話・旧約及び新約聖書・アラビアンナイト、中世ドイツの「ニーベルンゲンの歌」、チョーサー「カンタベリー物語」・ゲーテ「ファウスト」・フーケー「水妖記」・ラム「シェークスピア物語」・スイフト「ガリバー旅行記」・セルバンテス「ドン＝キホーテ」……中国の「西遊記」などの伝奇・「聊斎志異《りょうさいしい》」などの小説集や様々の故事、日本の「古事記」や「今昔物語」・「竹取物語」・吉田兼好「徒然《つれづれ》草《ぐさ》」などのいわゆる古典、果てはアイヌのユーカラに至るまで、彼の夜伽話は驚くべく広範囲・多種多様なところから採られていたのです。ここまで来て私は改めて、彼のこの底知れぬ博識振りに溜め息をつくのでした。

中学校の最初のクラスの担任が国語の先生で、その師のいろいろな御指導もあり、市の読書感想文コンクールで佳作を取らせて戴いたことがありました。おぼつかない貧しい文才をそのままに、文章や詩などをよく書くようになったのはその頃からだったでしょうか。初めて手にしたノートに付した表題は「風の瞳」でした。それは高校時代にまで持ち越し、私の記念すべき第一番目の青春の碑となったのです。

これからここに掲げるのは、私が中学時代から高校時代の初めにかけて築き上げた思想の集大成です。まだ幼さの残っているのは止《や》むを得ないでしょう。

少女はそう語った

今こうして筆を執っている私の傍《そば》で少女が一人、あどけない顔で笑いながら私の筆運びを見ている。この少女は三週間ばかり前に家族と共に近所に引っ越して来た。たまたま数学の問題に困り果て、厚かましくその少女の家へ押し掛けて行ったのがきっかけで私は彼女と仲良くなったのである。彼女は私と同年齢、学校は違うが同じ学年であった。優しく人懐っこく可憐で純真だが、いざ議論となると、熱っぽい割に冷静で何か鋭いものを感じさせる、そんな少女である。

彼女はたびたび私の家にやって来て、短いがいろんな話をする。そして今、また……。

◎　　◎

幸か不幸かわたしは知っている。生物たるものは、なぜ生まれて来なければならなかったのか、何のために生きるのか、なぜ生きて行かねばならないのか、そんなことは何も知らないのだ、ということを。そして、何も知らないまま、生まれ、生き、死んで行く、それが生きとし生けるものの宿命である、ということを。

他の生き物はその宿命に素直に従って生きる。人間はその宿命をなんとか否定しようと努めながら生きる。宿命との戦い――そこに人間の生命の尊さがある。

わたしも生きとし生けるもの。そして人間。それ故に、わたしもあなたと同じ問いに悩んでいるのです。

少女はそう語った。人生の目標について論じ合った日のことである。

◎　　◎

何人も生きんと志したならばまず知るべきである。生きることは即ち殺すことであると。

これは悲観ではない、わたしの友よ。殺すことこそ即ち生きることである。

周囲を見回して御覧なさい。生きているあなたは、（勿論、いろんな意味で）自分が必ず何かを殺しているのを発見するでしょう。

少女はそう語った。

◎　◎

人の才能に於いて、何よりも重んじられるべきものは素質でもなければ努力でもない。その人の情熱、そして意欲である。（情熱や意欲の無い努力はわたしには感心できないし、魅力も興味も感じられない。たとえその結果が優れたものであったとしても。）

少女はそう語った。

◎　◎

わたしは日本の国籍を持っていない。即ちわたしは日本国民ではない。しかし、わたしは日本で生まれて育った日本人であることを誇りに思う。そして、日本人として生きていられることが、今、この国で生きている外国人としてのわたしのこの上ない喜びである。と同時に、日本の政治に参加できないまでも、第三者的立場に立ってこの国に対する批判精神が持てることを密かに喜んでいる。

中国国籍を持つその少女はそう語った。

◎　◎

わたしも嘗《かつ》ては厭世主義者であった。劣等感と羞恥心、絶望と怠惰、自己嫌悪と現実逃避。それら一切を根拠とすることに気付かぬこの信仰的虚無観に、わたしは自分で有頂天になっていた。まるで総てを超越できたかの如くに。

そして、わたしはそれを克服して来た。文筆に対する情熱と意欲によって。「創造的《クリエイティヴ》虚無主義者《ニヒリスト》」――これが今のわたしの自称である。

在籍校の文芸部にて〈ＡＳＴＲＡＥＡ〉のペンネームを持っているその少女はそう語った。

◎　　◎

「戦い」とは「争い」の美称であろうか？　それとも、この二つは別のものなのであろうか？　どちらにしても、ああ、この繰り返される歴史の中で、「戦い」の名を借りた「争い」がなんと多かったことか！

少女はそう語った。

◎　　◎

人類の最悪の敵、それは人類である。――いつかわたしの知人が冗談混じりにそう論じたのをわたしは覚えている。

否、冗談どころではない。人類の歴史が始まって以来、この事実は超然として生き続けている。わたしたちは何も知らない。ただひたすらに生き、子孫を殖やし、進歩発展すればそれでよいと思い込んでいた。

人類こそ人類の最悪の敵。この真実は、「国家的社会的動物」或いは「進歩の怪物」なるわたしたち人類の最初に悟るべき真実だったのだ。

少女はそう語った。

◎

自由とは、何のことはない、自ら束縛を求めることのできる状態である。同様にして、幸福とは自ら薄幸・不運・災厄を求め得る状態である。平和とは自ら戦乱・闘争を求め得る状態である。

◎

自由でも幸福でも平和でも何でも、与えられたのなら捨てるなり壊すなり好きなようにすればいい。しかし、得たのなら、それを自分で守り活《い》かさなければならない。いずれにしても持て余すのは禁物である。でなければ、ただ前述の命題に帰して終わるだけであろう。

え？　『〈与えられる〉と〈得る〉とはどう違うか』？　そりゃあ、心構えの問題でしょう。

少女はそう語った。

◎

わたしたちは求めているという。幸福・平和・自由・平等・繁栄を。だが、わたしたちは本当にそれらを求めているのだろうか？　否。わたしたちはただ甘んじているのだ。不幸と紙一重の不安定な幸福、戦乱が抑えられているだけの平和、束縛を要する自由、平等の名の下の差別と不公正、衰退の影が付き纏う繁栄に。

少女はそう語った。

◎　　◎

与えられるのではなく、自ら求めなければならない。——これは学校のお偉方の口癖である。確かに響きはいい。だが、こんな言い方は間違っている。求めるとは、その人の自由意志による自発的行為である。押し付けてどうにでもなるものではない。（求めるのを強要することは、頭から押し付けるのをカムフラージュしているに過ぎない。）

少女はそう語った。

◎　　◎

日本人は英語が話せないから国際性が薄いのだ、というのは外国の人たちの話。そういえばあなたも英語を学ぶのに苦心惨憺たる様子だが、結果からしてあまり感心できない。上手《うま》く話せなくて当たり前。話すための英語を学んでいるのではないものね。話すために学んでいるのでもないものね。

少女はそう語った。

◎　　◎

わたしが進んで学校の勉強に打ち込むことができるのは、なるべくもっと多くの暇を早く得たいという願望が先《ま》ずあるからである。自分だけのことをするための暇を。

少女はそう語った。彼女も多忙らしい。

「テスト」即ち「試験」とは「ためし」「こころみ」の意味である。「仕上げ」ではない。

（もし「仕上げ」だとしたら、それはもはや「テスト」とはいえない。）

しかし、決定的瞬間を意味するこの「テスト」という言葉の重みは、決してわたしたち学生を「ためし」「こころみ」などという気持ちにはさせてくれない。或いはこれも、長い人生に於いてならば「ためし」「こころみ」ぐらいの意味の小さなものとなるのであろう。が、いずれにしても嬉しくない話である。

少女はそう語った。全く同感だ。

◎　　　◎

わたしのクラスにはよく喋る人がいる。雄弁を自ら恃《たの》むところとするその人は、陽気で明朗闊達で何をするにつけても楽観的であり、しっかりした態度で機敏な行動をとっていた。わたしは常々そのような人たちを羨ましいと思っていたのであるが、この頃は寧《むし》ろそのような人たちが気の毒に思えてきた。恐らくその人たちは、自分で思っている以上に大きな空洞を心の中に持っていることであろう。そうしてそれに気付くこともなく、更に空洞を深く大きくしていくばかりなのである。

少女はそう語った。

◎　　　◎

わたしは愛する。自分の弱さ・柔軟さ・純真さを敢えて保ち続けようとする強さと勇気を持った人を。なぜならそういう人しか真実に生きて行こうとはしないからだ。わたしは愛する。たとえ孤立しようとも進んで自らの道に徹しようとする、そんな真剣さを持った人を。そういう人しか本当に理想を追い求めて生きて行こうとはしないからだ。わたしは愛する。「空の青、海の青にも染まず漂ふ」白鳥を。

しかしこれは、古来、理想を諦め偽って生きた人の如何《いか》に多かったかを示すものである。また、そういう人に限って「理想」と「空想」とを同一視しているものだ。

少女はそう語った。

◎　　◎

人間がどんな〈善〉を発明しても絶対にそれを信じ切ってはいけない。後で必ず〈悪〉に転ずるからね。もっとも、〈善〉・〈悪〉とは「都合」のことだけれど。

少女はそう語った。

◎　　◎

既定の運命を自らの意志の方向へ修正しようと尽力する、これを「必然との戦い」という。また、未定の運命を自らの意志の方向へ決定しようと尽力する、これを「偶然との戦い」という。運命との戦いとは畢竟《ひっきょう》この二つをいうのである。

また――、人間は、運命と戦う時、初めて本当に真剣になれるものである。それだけに、こういう戦士には少なからず、凡人には無い神秘的威厳がある。その凡人とはあらかた、必然に頼り従う一般大衆の類と偶然に頼り従う賭博師の類とである。

少女はそう語った。私にはあまりよく分からないが。

◎　　◎

今のわたしは何も持っていない。冷たく透き通って結晶した一塊の氷と、真っ赤に燃焼する一筋の炎以外には。しかし、この氷と炎だけは死んでも持ち続けていたいと願う。わたしの友よ。共に同じ方向を見よう、そして共に進み行こう。道の上を歩いて行ってもいい。空を飛んで行ってもいい。水の中を泳いで行ってもいい。険しいのはどこも同じ、とにかく急ぐ必要はない。どうせ止まることはできないのだからね。

少女はそう語った。

◎　　◎

それからである。私とその少女との本当の交際が始まったのは。学校こそ違え、私達二人の友情は今も続いている。

——ここに登場する〈少女〉は勿論、当時哲学趣味に浸っていた私の分身です。と同時に、男性的な強さ・気さくさと女性的な優しさ・怜悧さを合わせ持ったあの不思議な青年・タクの面影を無意識のうちに偲んでいたのかもしれません。

また、こんな詩も書いています。一九六九年七月下旬、アメリカの宇宙船アポロ一一号により人間が月面への第一歩を踏んだニュースはまだ記憶に新しいと思います。これはその時の作品です。

かぐや姫の悲しみ

地球の人々よ
聞こえますか？　私の声が……

今まで私はあなたたちに
この身体《からだ》を　この姿を
遙か遠くから見せて来ました
あなたたちは素直にそれを認めてくれていましたね
それだけでも私は嬉しかった

昔の素直だったあなたたちの瞳
この私のなんでもない光から美と神秘を感じ取ってくれていた

そして私を
敬意でもって見詰め　歌い上げてくれていた
その　素直だったあなたたちの瞳……

できるなら私は
この身体を　この真の姿を
あなたたちの前に曝《さら》したくなかった
いつまでも今までの素直な瞳で
私を　遙か遠くから眺めていて欲しかった

これでいいのかもしれません
いいえ　これでいいのです
今まで私があなたたちにしてあげたことといえば
慰めたり　ロマンを与えたりすることと
月日の流れや潮の満ち干を教えることぐらいのもの……
それに　あなたたちは
科学の夢というものを得て

それを大きく伸ばして行こうとしている
それであなたたちが喜ぶのなら
これでいいのです

私はあなたたちに衣を剝《は》ぎ取られ
真の姿を暴かれたうえに
この身体を汚され　傷付けられた
私はもはや　こんな身体に宿って生きてはいられない
私は　この身体から離れて
独り　故郷の別世界に戻り……
そこからあなたたちを眺めていることにしましょう

ことによったら　私は
あなたたちの心に訪れることがあるかもしれません
夜　空に照り輝く私の脱《ぬ》け殻《がら》
その光に　心を魅《ひ》き付けられ
心を慰められるようなことがあったら

私が来たのだと思って下さい……

2

今の私が存在するためのもう一つの大きな転機、それは交通事故でした。あれは中学三年になったばかりの春。学校から家路を急ぐ途中でした。横断歩道を渡り始めた時、横合いからけたたましい車のブレーキの音。あとは何も覚えていません。気が付けば父の病院の一室で寝ていました。三ヵ月ほど入院して、学業の遅れを取り戻すために夏休みもおじゃん。更には松葉杖に頼らなければならなくなるとは！

しかし、別にバラ色の未来を夢見ていたわけではなし。「風の瞳」に自分の生命を吹き込み、またそこから自分の生命の泉を汲《く》み取る。そういうことが当時既に日常茶飯事になっていた私にとって、松葉杖は、あの古い中国の伝説の仙人が持つ雲を呼ぶ杖に等しいものでした。と言えばいかにもロマンチックですが、私はそれほどの楽天家《オプチミスト》でもありません。松葉杖の私には日常生活のいろいろな面で不自由が付き纏《まと》いました。その代わりに私が得たものは一人っきりの自由な時間でした。そしてそのために私は「風の瞳」と心行くまで対話できたのだといえましょう。裏返せば、私を一般の俗世間から隔絶してしまったのが松葉杖であり、それを私は〈仙人の杖〉と象徴したまでのことです。松葉杖は中学卒業までにはなんとか取れたものの、右足の不自由が残り、見えざる〈仙人の杖〉はその後も遂に私から離れることがなかったのでした。

高校生活、一年・のんびり、二年・中弛み、三年・大忙し、とか。言い得て妙だと思います。正《まさ》しくその通りでした。ただ、私の場合は常に座右から「風の瞳」に見守られ続けた三年間でした。

そう、あれは忘れもしない、高校一年の夏休み。

私の家は父の病院から少し離れた静かな住宅街にあり、北の方は団地で、白やシルバーグレー・クリーム色のマッチ箱のような五、六階建てのアパートが規則正しく林立している中から、薄いグレーの給水塔が四角張った頭を突き出しているのが、二階の窓からすぐ目に入ります。この団地が大規模で、中には池あり公園あり学校ありマーケットあり広場あり見晴らし台付きの丘ありで、緑いっぱいの中に大小の道路が縦横に走り、散歩にはもってこいの場所なのです。私はその団地のこのような環境が気に入っていました。日頃の運動不足の解消や気分転換の意味もあって、晴れていれば休日には必ずといっていいほどどそこへ散歩に出たものでした。

その日も私は昼過ぎから例のノートを携えてその団地の中を歩いていました。こんもり茂った丘の上の見晴らし台のベンチに座っていたのは日暮れ時。西の空に黒々と浮かんだ山並みとその上に横たわる灰色の雲と、それらの間からのぞく目映《まばゆ》い真紅の太陽が綺麗でした。向こうにまた向こうにと立ち並ぶアパート。もう灯《ひ》の燈《とも》っている窓もあればまだ暗い窓もあります。あちこちで水銀灯が燈り始め、東の彼方の市街にも点々と灯が燈って行きます。

そろそろ帰ろうとして、丘の斜面に沿って付けられたなだらかな細道を下り始めたその時。いきなり背後から躍り掛かって来た強い力。声を出す暇も無く口を塞がれて、私はあっという間に草の茂みの中へ引き込まれ組み伏せられていました。濁流のように押し寄せて来たどす黒い恐怖。一瞬、目の前が真っ暗になりました。気を取り直して必死でもがきましたが、相手は二人組。すぐ目の前で舌なめずりして嘲笑《あざわら》う顔。背後からも降り懸かって来る毒気を含んだ荒い息。私は更に必死でもがきましたが、もがけばもがくほど強い力に締め付けられて体の力が抜けていくのです。とうとう、前に乗り掛かっていた方の男が私の着衣の前をはだけ出しにかかった、その時。

視界の端で何かが閃《ひらめ》いたかと思うと、男達はわっと悲鳴をあげて吹っ飛んでいました。たちまち私はその場に投げ出されました。気が付けば、一つのすっと立った黒い人影の向こうに、怯えたようにひどく狼狽して逃げ腰になっている暴漢二人の姿が見えました。が、やがて、どたばたという乱れた足音と共に二人ともどこかへ姿を消しました。

何が起こったのか全く分からず、草の中から呆然とその黒い人影を眺めていた私ははっとしました。中肉中背で脚長《あしなが》の、あの特徴的な、締まった細めのしなやかそうな体付き。色の白い両腕。項にかかったやや伸びた後ろ髪。もしや、いや、まさか、と思っているそのうちにこちらを振り返ったその顔は、ああ、あの見紛《みまが》うことなき甘いマスク。倒れ伏していた私の前まで草を踏み分け近寄って来て、またいつかのようにそっと両手を差し伸ばして来たのでした。その手に縋《すが》りついて立ち上がった私は、思わず相手の胸に抱き着いて顔を埋《うず》めてしまっていました。

「はははは……まだ昔の癖が抜けないね、ノッコ」

「…………！」

この声、この言葉。いよいよ間違いないと知った時、私はもう一度彼の顔をじっと見上げていました。額に垂れ掛かった前髪。睫毛《まつげ》の長い奥二重《おくふたえ》の涼しい目。すっきりと通った鼻筋。ちんまりとした色のいい唇。その間からちらつく白い歯。そして、肌身に伝わって来るその胸や肩や腕の温かさ・爽やかさ・強靱さ。何もかも全く昔のまま——そう、若いには違いないのでしょうが、十六、七ぐらいなのか二十五、六ぐらいなのか年齢がまるで定まらず、男の子には違いないのでしょうが、男臭さというごつごつしたイメージにはほど遠い、そんな不思議な青年のままでした。変わったのは私の目の方だったのでしょう。実に彼は惚れ惚《ほ》れ《ぼ》とするような美男子でした。

やがて私達は肩を並べ、ゆっくりとあの細道を下り始めていました。私はたびたび懐かしい彼の方に目をやりながら、足許《あしもと》を庇いつつ不自由な右足を引きずって歩いていました。そんな私の歩調に合わせて私の右隣を行く彼は、かなりの歩幅・ゆっくりとした足取り。そして、何よりもあの暴漢達に荒らされた私の心を和《なご》ませてくれたのは、彼のその少女のような優しい穏やかな笑顔でした。彼はずっと随《つ》いて来てくれました。団地を出る時も、家の前へ出る通りに差し掛かった時も。その間私は口にすべき言葉を知りませんでした。そのうちに私は、いつのまにか彼の手が私の背中越しに私の左肩に掛かっているのに気が付いたのです。少しどぎまぎしていると、

「僕はこの近くにいるからね。逢おうと思えばいつでも逢えるよ。じゃ、またあした」

彼は笑顔を残したままそう言ってそっと私から離れ、夕闇の中へどこへともなく去って行きました。ちょうど私の家の前でした。

3

その晩私はまだ半信半疑でいました。いや、夢でも何でもいい。とにかく、救い主であり仮親であり友達でもあった、そしてもう遠い思い出の中だけにしか生きていない筈のあのタクに、今またこうして逢えたなんて！

「……それはそうと、ねぇ、ノッコ。昨夕《ゆうべ》ノッコと一緒に歩いてたあのハンサムでスマートな男の子、誰？」

翌日、道で出会った級友にそう尋ねられた時でした。ああ、やっぱり夢でも幻でもなかった！――そういう実感に胸をときめかせたのは。その場は何とか言い逃《のが》れ、わくわくしながら買い物を終えて家に帰りました。ところが……。

「ねえ、ノリちゃん。今朝《けさ》電話でね、Qの伯母《おば》ちゃんが遊びに来ないかって。エリちゃんがね、友達と一週間ほど北海道に旅行に行くんだそうよ。その間独りじゃ寂しいからら。」

母にそう言われました。Qの伯母さんの家といえば、ここから汽車で四時間余りも行った山の中ではありませんか。私はちょっと返事をし兼ねていましたが、

「どうしたの？　行きたくないの？」

母に不審そうな顔でそう訊《き》かれ、私は慌ててしまいました。

「う…ううん、行くわ。折角のお招きだものね。」

ごとごとと鈍行列車に揺られながら、私は憂鬱な気持ちで窓の外の移り行く景色をぼんやり眺めていました。準備なんかでバタバタしていたこともあって、あれからとうとうタクとは逢えずじまい。彼には黙って向こうへ行くことになってしまって、彼、どう思うだろうなぁ……。そう思い詰めているうちにも汽車はどんどん山の中へ。長いトンネルを抜

けて盆地に入った時はもうお昼過ぎだったでしょうか。

「ここ、空《あ》いてる?」

突然そう声を掛けられ、私は思わず顔を上げてその方を見ました。一瞬私は自分の目を疑いました。私の顔を覗き込むように背中を少し丸めて嫣然《えんぜん》とそこに立っていたのは、なんと、タクだったのですから。例によって、その素晴らしいプロポーションの肢体に黒一色を纏《まと》った軽快な黒豹スタイル。そうしてまたぞろあの甘いマスクが私の目を虜《とりこ》にし始めていたのです。実際、彼の美貌は一種独特でした。劇画や映画に颯爽と登場する、眉の濃く釣り上がった快男児という感じではなく、かと言って女にしたいような妖艶な美しさなどでもなく、あのキリスト教の天使や仏教の菩薩のような、性も年齢も超えた鮮やかさのある、そんな美しさなのです。ただ、引き締まった感じの頬と心持ち尖った顎だけが、あやっぱり男の子かなと思わせる特徴のようでした。それにしても、そのふさふさと垂れ掛かった前髪の下にちらつくあの涼しい目の優しさ。見蕩《みと》れかけた自分に気付き、少しどぎまぎしてしまって、

「タ…タク、あなた、今までずっとこの汽車に乗ってたの?」

「いや、さっきの駅からだよ」

そう答えたあとで彼は笑いながら私の隣に腰を降ろして来たのです。

「じゃ、どうしてあたしがこの汽車に乗ってるってこと、判《わか》ったの?」

「どうしてって、僕の目は千里眼だから。それにね、僕の背中には翼が生《は》えてるからさ、こうしてここまで飛んで来られたの。」

私はしばらく返す言葉が無くきょとんとしていました。彼の方はといえば、何かしら悪《いた》戯《ずら》っぽそうな笑みを浮かべながら私の顔色を窺っている様子。しかし、その笑みはそう長くは続かず、しばらくして改まった表情に変わっていました。

「伯母さんの家へ行くんだって？　僕のことで随分心配してたみたいだね。」

そして、

「大丈夫、安心していいよ。僕はそんなことで腹を立てたりしないから。あれから十年も経って、君は変わってしまったかもしれないけど、僕は全然変わっていないつもりだよ。見掛けはともかく、中身はね」

十年⁈　そうだ、あれから十年もの歳月が流れているのだ。今更考えてみてもおかしなことですが、彼に言われたその時になって初めてそういうことに気が付いたのでした。私は成長して、今や胸の膨らみかけた花のレディーに近付きつつあるのに、タクの方は未だに少年の気配の消えやらぬあの美青年のままなのです。ちょっと信じられないようなことですが、事実でした。この十年もの空白を彼はどこでどうやって埋《う》めていたのだろう？ひょっとしたら、彼自身と彼を取り巻くわずかな空間だけが時の流れを無視しているのではないかしら？　――そんなことを思わせるほどの異様さでした。しかし、ああ、あの底知れぬ優しさの籠《こ》もった眼差し、深みのある笑みを湛《たた》えた唇……。私は再び彼に圧倒されてしまっていたのです。あのとき彼が立ち上がって荷物を持ち上げてくれていなかったら、私は、目的の駅に着いたことにも気付かずにいつまでもじっと座っていたかもしれなかったのでした。

伯母さんの家は、私の足で駅から歩いて一時間ほどの静かな田園地帯にあるのです。澄んだ水がどんどん流れて行く用水路に沿って整備された道路を、私達は肩を並べて歩いて行きました。沿道の人家は疎《まば》らで、それらのすぐ後ろは田畑か森林か竹藪でした。彼は荷物を持ったままずっと随《つ》いて来てくれました。そのうちに私達は北に向かう枝道に入っていました。枝道の向かいは鎮守の森でした。そうして、見覚えのある一軒の平屋の前に行き着いたのです。

「伯母さんはここで洋裁の仕事をしているの。」

私がそう言うと、彼は「ふうん。」と、玄関の右方の縁側に沿った部屋にミシンや人台や大きなアイロン台などが備え置かれてあるのを、ガラス戸越しに覗き込んでいました。彼が私のすぐ傍《そば》に荷物を降ろしてくれた直後でした。玄関の左横にある勝手口から伯母さんがひょいと顔を出されたのは。

「あら、いらっしゃい。電話してくれたら駅まで迎えに行ってあげたのに。」

元気のいい声が聞こえて来ました。私も会釈して、

「こんにちは」

「駅から歩いて来たんだね。足が悪いのに、荷物まで提げて大変だったでしょう。さぁ、早く上がってゆっくりして頂戴」

玄関に入りかけて、ふとタクのことを思い出しました。振り返ったり辺《あた》りを見回したりしてみましたが、どこにも彼の姿は見当たらず、ただ屋根の上でバサバサバサ……と鋭い羽音があがり、それが裏の竹藪の方へ遠ざかるのを聞いただけでした。

伯母さんは、もう五十に達すると思《おぼ》しい優しい気さくな人でした。一昨年《おととし》御主人即ち義理の伯父さんが病気で亡くなり、今は従姉《いとこ》のエリちゃんと二人暮らしなのです。そのエリちゃんも今は留守。私は歓迎されて居間に通されました。奥の仕事部屋と玄関とに挟まれた、やはり南向きで縁側に面したその部屋は六畳ほどで床の間があり、隅には小さな仏壇が据えられていました。テレビや箪笥《たんす》がまだ新しかったようです。細い廊下を隔てた北の奥にも三畳ほどの部屋があり、北側の窓に向かって机と椅子が置いてありました。机の上の本棚には教科書や辞書・ノートやファイルなどが詰め込まれてあります。女子大生であるエリちゃんの部屋でした。

夕食が終わり、お風呂に入ったあと、私は浴衣《ゆかた》でテレビを見ながら涼んでいました。伯母さんは隣の部屋でお仕事の真っ最中。そのうちに、ガラス戸を開《あ》け放した縁側から気持ちのいいゆるやかな南の風が吹き込んで来ました。白いレースのカーテンが静かに揺れ動いています。私はそれに誘われて縁側に出ました。もうかれこれ七時半。どこかから牛の鳴き声が聞こえて来ます。空気が澄んでいる所為《せい》か星が大きいし、辺りに人家の灯が少ない所為か月の光の明るさも都会とはまるで違います。昼間通って来た南の方のあの道路も車が二、三台通っただけで静かなものでした。こんもり茂った鎮守の森も一帯に広がる田畑も薄明るい大気の下で眠っています。溜め息の出そうなのどかな風景でした。

私が縁側から部屋の中へ戻ろうとした時でした。突然サッと吹き込んで来た強い風。パッと翻ったカーテンの向こうから私の目に飛び込んで来た人影一つ。黒豹のしなやかさ、菩薩の白い手、天使の微笑み。タクでした。

4

「あの人が伯母さんか。気の良さそうな人だね。」

開口一番そう言った彼も、どうやら私達二人きりになるのを待っていた様子。沓脱《くつぬ》ぎ石の上にはちょうど伯母さんの下駄が置いてありました。私が立ち上がって縁からその上へ足を載せようとしてよろめいた時、すかさず彼の手が私の手を掴《つか》まえていたのです。

「ありがとう」

私はポツリとそれだけ言えました。下駄を履き縁側に腰を降ろすと、タクも沓脱ぎ石に足を掛けて私のすぐ隣に座ったのです。そうして無言でじっと私を見詰めているのでした。恐らく、私の成長をじっくり確かめていたのでしょう。「大きくなったね」と彼はその輝きに満ちた目を細くして言い出しました。

「それだけじゃないよ。大分可愛《だいぶかわい》らしくなった。昔もそうだったけど、そのときとは一味も二味も違うね」

〈仙人の杖〉に身を寄せ〈風の瞳〉を見開いて以来、その時その場での些細な感情や欲望に身も心も浮き沈みさせることがどれほどバカらしく思えたでしょう。そんなサトリの境地に達しているつもりでいても、私もやっぱり人間、そして女の子。他人から、それも好きな男の子からそんなことを言われたらもうどうしようもなく、嬉し恥ずかしとはよく言ったものです。そんな具合で、胸の奥が熱くなるのを感じながら私もじっと彼の目を見詰めていました。でも内心はまだ半信半疑でした。そんな私の気持ちを察したのでしょうか、タクはあどけない顔で笑いながら、

「まだ信じられないんだね」

と言うのでした。

「十年前のままの僕がこうして目の前にいるってことがさ。」

そしてちょっと真面目《まじめ》そうな表情になり、

「僕はね、もうこれ以上年を取らないの。勿論死にもしないし。だから、いつまでも君と一緒にいるわけにはいかなかったんだ。ただ、それだけ」

「そんな。それじゃ、まるでお化けじゃないの」

「そう。お化けだよ」

相変わらずのこの口振り。しかもその次にはもう無邪気に笑っているのです。冗談なのか本気なのか、はたまた演技だったのか、どこまでも正体不明なのでした。

普通、私たちは初対面の時、一応の挨拶として軽く話を交《かわ》したり共にお茶を喫《の》んだりしますが、これは各人の性格を大体把握して、この人に対してはこんな接し方、あの人に対してはあんな接し方をすればいいこと、と目安をつけるためにするものと私は解釈しています。そうして毎日毎度、付き合い接し合いしているうちに、その人の人となりや立場など詳しいことが段々わかって来て、そこに共感とか親近感とかいった感情が生まれ、やがてそれが友情なり恋愛なりに発展していくものと思っていました。しかし、このタクの場合は違いました。初対面はずっと昔ですが、その日から今日までどれだけ多く深く彼のことを知り得たのか、実際のところまるで自信がないのです。それどころか、付き合えば付き合うほど謎また謎の向こう側へ向こう側へと隠れて行ってしまうような感じなのです。果たして、彼のあのあどけなさ・優しさ・強さ・怜悧さ・気さくさ、そしてあの若さ・美しさ・しなやかさ、あれはみんな彼の自然なありのままの表現だったのでしょうか？　それとも彼の奥底からの〈演出〉だったのでしょうか？　だとすれば一体何のために？
――今の私でさえ当時を思い返してもそれぐらいのことしか言えません。ましてや何も知らずにいた当時の私が、いわゆる他人も羨むような素敵な男の子だった彼にどれだけ翻弄されていたか、察するに余りあるというものです。ただ何とはなしに、彼に摑《つか》み所《どころ》のない怖さを感じていたことだけは確かでした。そして、このまま彼と深い関係になってしまっていいものかどうか不安に思ったことも確かでした。

そのときでした。「あら？」という声が部屋の方から聞こえて来て、私がはっとして振り向いてみると伯母さんが廊下からこちらを覗いておられました。かなり驚いたような表情でこちらへやって来られ、私は慌ててタクの方を見ました。が、彼は少しも臆せずに穏やかな笑みを浮かべ、伯母さんの方を見て立ち上がるとちょっと会釈したのです。それに釣られたように伯母さんも会釈なさって、不審そうに、

「ノリちゃん、その人は？」

と尋ねられたのでした。私はみんな話しました。つい二、三日前、暴漢に襲われた時に彼が助けてくれたこと。今日、ここへ来るのに乗った列車に偶然彼が乗り合わせたこと。そして仲良くなったこと。しかし、さすがに、昔からの彼との特別な関係についてだけは話す気になれなかったのは言うまでもありません。

「ふうん、そんなことがあったの。……あ、そうそう」

いつのまにか膝《ひざ》を折ってその場に座っておられた伯母さんは、立ち上がって台所の方へ出て行かれました。

伯母さんがお盆に載せて持って来て下さったお菓子を頬張り、冷たく冷やした紅茶を口に含みながら、私達はまたしばらくの間黙ってお互いを見詰め合うのでした。やがて、

「ねえ、タク。あなた、この十年もの間、どこで何をしていたの？」

私がそう口を切りました。

「僕？　僕はね、……」

私の成長に合わせてなのでしょう、言葉遣いが丁寧で大人らしくなったものの、やはり昔ながらの口調で彼はいろいろと語ってくれました。この十年間、単身、新生中国へ渡っていたこと。政治的・社会的には統一されている人々も、その各々の顔や人生や文化を持っていたこと。国中どこへ行っても、革命へのエネルギーを引き継いだ生き生きとした人々の姿が見られたこと。そして、近い将来、乗り越えるべき転機と試練がその人々の上に訪れて来るであろうこと。などなど。

「じゃ、今はどうしているの？」

「今は何もやってない。独りで当ても無しにあちこち渡り歩いてるよ。無職で住所不定。ゴロツキってところだな。あはは……」

彼はちょっと笑って、空《から》になったグラスをトンとお盆の上に戻し、

「じゃ、君は？」

「あたし？　あたしは……」

答えようとして私は言葉に詰まりました。何か引っ掛かってしまって素直に出て来ないのです。私は、その頃の変な癖で、自分のことを訊《き》かれるとすぐにふっと自分自身を振り返ってみるのでした。その結果、堂々と他人に対して語るに足るものを見出だせないまま何も答えられなくなるのが常なのです。このときもそうでした。が――、

「いいよ。いずれゆっくり話を聞くことにする。今晩は疲れてることだろうしさ。」

彼はそう言って優しく笑いかけるのでした。

5

翌日。朝御飯のあと、私はエリちゃんの机を借りて学校の宿題に取り掛かっていました。一日のうちで一番労働を要し、そのくせ一番退屈な時間です。あっちの教科書を開き、こっちの虎の巻を紐解《ひもと》き、そっちのノートを繰り、で終わってみればお昼過ぎ。伯母さんと一緒に軽く昼食を済ましたあと、私は「風の瞳」を携えて鎮守の森へ散歩に出掛けました。お堀を渡り、鳥居をくぐって入った境内は、葉の茂った桜や柿や楠の大木に被われて

薄暗く、所々斑《まだら》になった日向《ひなた》がサラリサラリと揺れ動いているのでした。子供が何人か遊んでいます。うっすらと苔のむした境内の一番奥が狛犬に護衛された神殿で、その手前が拝殿と社務所でした。拝殿の前の陽《ひ》の当たる所にベンチが設けてありましたが、それだけがまだ新しかったようです。

私はベンチに腰を降ろすとノートを展《ひろ》げていました。子供達の声を耳にし、頭上に小鳥の行き来する気配を感じながら、私は何日か振りにペン先を走らせていました。

文学やぶにらみの記（抄）

………………

アンデルセン「みにくいアヒルの子」、宮沢賢治「よだかの星」。いじめられ続けたアヒルの子は白鳥になり、よだかは美しい星になった。でも、現実はそんなに甘くない。白鳥になれないアヒルの子や星になれないよだかはどうすればいいのだろう?

木下順二「夕鶴」、小川未明「赤いろうそくと人魚」。金で買えないものが多い時代背景だからこそまだ救われた。政権・地位・名誉・入試合格・健康・節操・母性・人の生命……。今の世の中、金で買えるものがちと多過ぎる。

「ギリシア・ローマ神話」、「旧約・新約聖書」。所詮、私が知り得たのは、神様には二種類ある、ということだけだった。非常に人間臭い神様と、そうでない神様と。

……………………

夏目漱石「草枕」。自由な気分。しかもその自由には、多くの人間のそれに伴うはずの不安や孤独感や寂莫感、いわんやおセンチなところなど何一つ無い。あるのはただ、自由なるが故の安心感だけ。これ、いわゆる非人情の世界。しかし、作者はやはり人情を求めていた。

芥川龍之介「杜子春」、太宰治「竹青」。所詮、人間の夢は夢で終わる、といったところか。但し、これは悲観ではない。その夢は、自分の本当の夢ではないかもしれないからだ。でも、わからない。人間が人間をやめたいと願うのが、なぜそんなにいけないことなのだろう？

芥川龍之介「奉教人の死」。隣人愛。殉教。自己犠牲の上に立つ利他主義・愛他主義。すなわち、あとのことは神様にお任せで自分の中身はからっぽ。全く、気の毒といおうか、悲惨といおうか。

中島敦「山月記」。私は、激しい性格と強過ぎる自我ゆえに虎と化したこの主人公に、自分の姿を見た。

森鷗外「山椒大夫」。作者の意図とはズレるが、一体、人の人を支配する力が生じる所以《ゆえん》は何なのだろう？ ただ、その力の名前だけは知っている。武力。暴力。財力。権力。

いろいろあるね。

……………………

武者小路実篤「友情」、ゲーテ「若きウェルテルの悩み」。これほど露骨に恋愛や失恋の苦しみを綴った作品にはお目にかかったことがない。しかも、失恋を、一方は人生の契機とし、一方は人生の破局としている。恋愛、ここまで来なければ本物じゃないな。だけど、結局、これが青春のすべてなのだろうか？　もっと他にやるべきことやりたいことって無かったのかしら。まぁ、どちらにしろ、わたくしにはかかわりのないことで……。

ジョルジュ＝サンド「愛の妖精」、ヘッセ「デーミアン」。神秘的な気分の中で成長を確かめ合うことの楽しさ。それだけに、主人公たちが意外に平凡で当たり前の人物となって終わったのにはちょっとがっかりさせられた。

ドストエフスキー「罪と罰」。畢竟《ひっきょう》、この主人公の最大の悲劇は、自分の内にも外にも未だ〈超人〉を見ぬうちに、神への信仰に伏さねばならなくなったことだ。ああ、人間、かくも弱きものかな。

ヘッセ「デーミアン」、同じく「車輪の下」。この二つの対照的な、主人公の友との運命の出遇《であ》い。自我に目覚めた人間のたどる道は、翼を展《ひろ》げて独り大きく飛び立って行くか、転落するか、二つに一つなのね。

……………………

私はこんなふうにして、自分が読んだ本の感想の断片の数々を筆に任せて書き捲《まく》っていました。そして、どのくらい時間が経ったでしょうか。

ペン先をキャップに収め、ノートを閉じて一息ついた時。私は突然、何か或る種の予感のようなものに襲われてはっとしていました。誰かが私を呼んだような気がしたのです。横合いから何かの気配を感じてその方を振り向くと、果たして、走り回っている子供達の向こう側に、鳥居をくぐってゆっくりとこちらに近付いて来る人影が一つ、目に入りました。その途端、私は殆ど衝動的に立ち上がり、まじまじとその方を見ました。タクでした。

私のすぐ傍《そば》まで近寄って来て立ち止まるなり、彼はくだんの笑みを浮かべて、

「今までこんなところで何してたのさ？」

「作文よ。」

と私は答えました。

「作文？」

「そう。詩を書いたり、文章を書いたり。あたしの趣味なの。」

彼は私の隣に腰を降ろしながら、

「ふうん。すらすら書ける方？」

「ううん、とてもとても。あたしの才能って気紛《きまぐ》れなのよ、ホント。このノートに書いて

るのはみんな偶然生まれたものなの。あたしが持ってるのは、情熱とか意欲とか、夢とか理想とか、そんなどうでもいいようなものばっかり。そんなものと、外界の何かが一致したとき、偶然、作品が生まれる。この瞬間を摑《つか》まえる努力だけは、いつも欠かさないようにしているわ。あたしね、今、その偶然に生まれて来るのを、なんとか自分の意志で、自由自在に生み出せるようになりたいと思って、練習してるの。――でも、そうなったら面白くなくなるかな？」

「ふふ……そりゃあそうだよ。苦労して得たものほど大切にしたく思うものさ。となると、自然、いい作品しか残さなくなるだろ。その方がいいんじゃないの？」

「……そうね。」

私は笑ってしまいました。今の彼の何気なさそうな言葉の中に一つの真実を発見し、つい、柄にもないことを喋ってしまったような気がして恥ずかしくなったのです。自分のことを訊《き》かれればすぐに自分自身を振り返り、揚句に言葉を失ってしまう、そんないつもの癖がなぜかその時には顔を出さなかったのでした。折から吹いて来た風に靡《なび》いた彼の前髪、それを搔《か》き上げた手。日の光を受けて澄んだ金茶色にキラキラ輝く目が綺麗でした。

6

「――人間って、今、何してるんだろ？」

突然私は思い付いたままに話を変えてそう言い出しました。

「あたし、さっきまで勉強してたの。学校の宿題。朝御飯が済んでからずっとよ。晩御飯が済んだらまたやらなくちゃいけない。休みの間ぐらいゆっくりさせてくればいいのにって、いつも思ってるの。」

「そんなに勉強して一体何になるのさ？」

「わかんない。だから、勉強するたんびに考えるの。『人間って今何してるんだろ』って。本当は、『大人は』って言いたいところだけど、敢えて『人間は』って言いますね。勿論、自分も含めてね。一体人間って何だろ？　何のために生きてるんだろ？　何の自覚があって、こんなにあくせく働いたり勉強したりしてるのかな？　そりゃあ人間のことだから、理屈はいくらでも付けられます。生きるためには働かなくちゃいけない。どうせ働くなら、なるべく、お給料が多くて楽な良い職業に就くのが一番ね。それには勉強しなくちゃ、と、こうなるんだわ。生きるためにはどうこうしろってうるさいけど、何のために生きるのかってことを忘れてる、と言うか、そういうことに何の疑問も持たないなんて、人間、動物に生まれて来たって仕方なかったな。そう思いませんか？　――萩原朔太郎の詩にこんな一節があったわ。『ひとが猫のやう《ょ》に見える……』って。作者がどういうつもりでそう書いたのか今でもよく分からないけど、あたし、ピンと感じるものがあったの。——勿論、何のために生きるのか、これも人間のことだから、理屈は付けて付けられないことはありません。仕事のためとか、楽しみのためとか、妻子や家族のためとか、将来のためとか……。でも、あたしは思います。人間って本当は、何のために生きるのか、自分達はどこから来てどこへ行くのか、まだ何も知らないのよ。ただ、生まれて来たから、生きなければ仕方ない、死んでも仕方ないから、死ぬのが怖いから、それで生きてるようなものね。あたしだってそうです。あなたもそうでしょ、きっと」

「君はそうかもしれないね。でも、僕は違うよ。死ぬなんて考えたこともないな。まして、目的地がどこでどの道を行かなければいけないなんて決めたこともないしさ。僕にとっては、このまま自由な一人旅を続けることそれ自体、生きるということだからね。」

「そう、タクは自由だったわね。帰らなきゃいけない所も行かなきゃいけない所も無いし、頼らなきゃいけない人もいない」

「うん」

「あたしも、そんな自由な旅がしてみたい。一生、そんな旅を続けていたい。これ、あたしの一番大きな夢なんです。仕事や勉強に情熱を持つ人もいるし、純粋に学問や芸術のためだけに生きた人もいるけど、そんな人は本当に幸福ね。でも、そんな人、一体何人いるのかしら。疑問だな。あたしなんか、何のために勉強するのかわからずに高校に入っちゃったんだし、だからって、蜂や蟻みたいにただ生きるために働くのも気が進まないし。あたしって、もうどうしようもない人間なのね。こんなあたしには、それが一番ふさわしい夢なのかな……。」

彼は頷きながらじっと聞いてくれていました。

「――女の子って哀《かな》しいものね。」

またしばらくして、私は話を変えて言い出していました。

「青春時代、どんなに大きな夢を持っていたって、どんなに高い理想を仰ぎ見ていたって、結局、行き着くところの最大の幸福って結婚でしょ。それが社会通念だし、本当にそうなる運命なのかもしれないけど、あたし、凄く反感持っちゃったな。そりゃあ、お母さんや伯母さんみたいに、主婦として、母親として生き抜いた人生も、それはそれで価値があるかもしれない。でも、自分の情熱や可能性を犠牲にしても、世間や運命に妥協して甘んじようとする、そんな生き方は、あたしには到底できやしないな。あたしには〈星〉がある。〈戦場〉もあるんだ。さっき話したけど、偶然と戦うための戦場がね。あたし、将来は、それを女性としての必然と戦うための戦場にもしようと思ってるの。」

「なるほどね。よくわかるよ。君は、女性であることに甘えられるほどの平凡な娘さんじゃないからね。」

彼がそう相槌《あいづち》を打ってくれました。私は素直にそれを受け入れて「ありがとう」と返事をしましたが、

「でも……、時々考えるの。本当は、こんなことを考えてるあたしが甘いんじゃないかって。そんなときは、死にたいくらいに悔しくなっちゃう。そうして、あとに残るのは、虚《むな》しさだけ……。――あたし、もっと自分に厳しくなければいけないのかな？　……だけど、やっぱり、〈星〉や〈戦場〉からの呼び声にはかなわないわね。」

そして、

「同時に、あたし、その運命に感謝しなければいけないんだわ。この足のことだけど……。もし、あたしの足がこんなふうになっていなかったら、あたしは……、他のみんなと同じように、ただ、屈託のない明るさを撒き散らしただけで、青春を終えてしまうことになるかもしれなかったもの。」

そうして、私は一息ついて、

「皮肉なものね。」

静かな笑みを漂わせながら彼は頷いていました。私としては、それまで胸の中にわだかまっていたものを残らず吐き出すことができたうえ、彼がそれを真面目《まじめ》に受け取ってくれたことで強い味方を得たような気持ちになり、内心とても喜んでいたのです。当時、それほど真剣且《か》つ悲壮な気持ちで口にしていた言葉なのですが、今考えてみると随分浅はかで

キザなことを言ったものです。でも私は、あのときの彼の一貫した温かそうな視線が未だに忘れられません。

それだけではなかったのです。最近になって知ったのですが、この時の彼の目は実に、私が思っている以上に深く私の心を――私が心底から本当に言いたかったことを読み取ってくれていたのでした。

嘗《かつ》て人間性は、原始時代での飢えや渇き・雨風や暑さ寒さ・病気やケガなどの苦しみ、猛獣などの身の危険から解放され、更には封建時代での非人間的な武力支配や権力支配からも解放されました。その結果、ヒューマニズム・基本的人権・個性の尊重・表現の自由・創造性・男女平等・自由恋愛・フリー - セックスなどが盛んに叫ばれているのですが、私にしてみれば、そんなものはまだまだ取るに足りない、監理社会の中での一時逃《のが》れのまやかしの自由に過ぎなかったのです。文明や文化の後ろ盾が無ければたちまち原始時代に逆戻りです。のみならず、現代でさえ、国家主義・人間関係・固定観念・義理人情・権利義務・共同体意識・虚栄心・喜怒哀楽・生理的欲求……と、私達自身の中に不自由の根源はまだいくらでもあります。要するに、私は、人間そのものからも解放されたいと願っていたのです。仙人になることを望んだ杜子春やカラスになることを望んだ魚容のように、人間が人間以外のものに生まれ変わりたいと願ってなぜ許されないのか。人間以外のものに生まれ変わって幸福を感じるのがなぜいけないのか。今人間として生きていることが自分にとって真実に生きているのではないとしたら、また、人間としてでは真実に生きることができないとしたら、一体どうなるのだろう。人間として生きるとはどうすることなのだろう。自分にとって、真実に生きるとは？　――これが、私が死ぬまで変わらずに持ち続けるであろう疑問なのでした。

彼は後々までもそれをずっと覚えていてくれたのです。しかし不幸にも、そのときの私は、自由を語るには不自由を知らな過ぎていました。彼はそれさえもちゃんと見抜いていたのです。

7

Qの伯母さんの家でのその後の残った日々には、鎮守の神様のお祭りがあったり町の方で花火大会があったりしました。伯母さんに連れられて行ったその先々で、笛や鉦《かね》や太鼓の音・だんじりを引き回す掛け声に誘われ露店や屋台の灯の間を行き来する人々の、或いは花火の光と音の芸術に酔いつつ涼を求めて行き交う人々の顔はどれも楽しそうでした。

そこでも私は、人込みに混じってさまよい歩いているタクの黒い姿を幾度か見掛けました。そんな時の彼は不思議にずっと大人《おとな》びて見え、私と接する時のあの優しさの権化《ごんげ》のようなあどけない彼とはまるで感じが違うのでした。前髪の翳《かげ》りで濡れたような輝きを帯びて静かに燃えていたその目は、私が幼い時に見たことのある、あの怒ろうとして怒らなかった憐れむような眼差しと同じでした。きっと結んだ口許にも桜色のその頬にも凜《りん》としたものを感じました。これが彼のもう一つの素顔なのでした。畏怖《いふ》というのか尊厳というのか、そんな時の彼には、お祭り気分に浮かされた軽々しい心持ちではどうしても近付いて声を掛ける気になれなかったのを私は記憶しています。

いよいよ明日家に帰るという最後の日の午後。伯母さんは町へ買い物に出掛けられて留守でした。その折を狙ったのか、私が居間でテレビを見ながらノートを開いていたところへまたタクがやって来たのです。それも、いつかの晩と同じように一陣の風と共に縁側の外に立って。私は思い切って彼を縁側から居間へと引っ張り込んだのでした。

「本当にいいの？　こんなことしちゃって。見付かって何か言われても知らないよ」

初めは笑いながらそう言っていた彼でしたが、小さなテーブルを挟んで私と差し向かいに座った後は、少しずつあの改まった表情に変わって行ったのです。

「お祭りに花火大会、楽しかった？」

あの時お互いに顔を見合わせてもいないのにそんなことを尋ねられて、私はあら？　と思いつつ、

「うん、楽しかった。いいわね、たまには。ちょっとした夏の風物詩って感じで。でも、

心底から楽しむ気にはなれなかったみたい」

　そう答えるうちにも私の脳裏には、群衆の中に溶け込まずに浮き上がっていた、阿修羅の像にも似たもう一つの彼の姿がちらつくのでした。すると彼がくすっと笑って、

「どうして？」

「どうしてって、……やっぱり、こうやって独りでノートを開いてたり、タクと二人っきりで話をしたりしてる方が楽しいみたい」

「ははは……ふうん。」

「伯母さんとか誰かよく知ってる人と一緒にゆっくりくつろいだり、いろんなところへ出掛けたり、学校の友達と語り合ったり、遊びに行ったり、……それも結構楽しいかもしれないけど、他の人の前では、どうしても表面を繕《つくろ》ってしまう自分を感じるの。どんなことをしたって裸の自分になれなければ、本当に楽しんだとは言えないのじゃないかな。……あ、ちょっと待っててね、何か入れて来るわ」

　ふと思い出し、そう言って立ち上がろうとした私を彼の手が引き止めていました。

「いいよ。僕が入れて来てあげる」

　彼はにっこり笑うとそう言って立ち上がり、台所の方へ出て行きました。

　しばらくの間、和やかな沈黙が続きました。またいつかの晩と同じように、コーラを口に含みお菓子を頬張りながら、私達はお互いを見詰め合っていたのです。やがて彼は

ちょっと目を逸《そ》らし、コーラの半分残ったグラスをトンとテーブルの上に置いてまた私の方を見ると、「でもね、」と話し始めたのでした。

「さっき君は、裸の自分になるって言ってたけど、そんなこと、本当はとても生易しいことじゃないんだよ。例えばね、今君がそうやってノートに書いて行ったり、こうして僕と話をしたりできるのも、僕とか家族とか、学校とか友達とか、テレビとか本なんかから言葉を教えてもらってるからだね。何かを感じたり思ったり考えたりするのは自分自身だろうけどさ、その感じ方とか思い方とか考え方だって、本を読んだり勉強したり他人と話をしたりして身に付けたにしても、やっぱり他の誰かから教わったのには違いないんだろ？……そんな調子で自分というものを追い詰めて行ったら、結局何が残ると思う？」

「……………」

私は何も答えられませんでした。

「一体、〈自分〉って何だろう？　そんな借り物の寄せ集めじゃない、本当の自分自身というものが果たして存在するのかな？　もし存在するとしたらそれはどんな自分自身なんだろ？　……難しい問題だよ、これは。その難しさを思い知るということもさ。一生懸ける価値はあるね、きっと」

そうして、グラスを手に取り上げて残っていたコーラを一気に飲み干し、一息つくと、

「君はどう思う？　今の自分がホンモノかニセモノか見極めてみたいと思うほど、まだへ

ソ曲がりにはなっていないかな？」

　そう言ってもう笑っているのでした。鋭い。私はそう思いました。と同時にショックを感じたことも事実でした。自分は決して気に染まぬ生き方をするまい。たとえ何と言われようと自分の気持ちに対して素直に生きたい。そう思い続けていた私ですが、その自分が、ホンモノかニセモノか見極める余地のある代物《しろもの》ですって？

　そこまで考えたとき。

「あしたは何時の汽車で帰るの？」

　彼が急に話を変えてそう尋ねて来ました。私はちょっと戸惑って、

「えぇっと、十三時二十分、だったかしら」

　彼は小さく頷いて、

「じゃあ、僕、先に乗ってて席を取っておいてあげるね。」

「えぇっ？」

「ここから乗ったんじゃ、もう座れないだろ」

「うん。でも……」

「大丈夫」

　彼はそう言い切ると後ろへ倒れかかり、手枕をして仰向けに寝転んだのでした。顔は真っ直《す》ぐ天井に向けていながら、唇にかすかに笑みを含ませ、薄目を開《あ》けてじっとこちら

を見ています。その長い睫毛《まつげ》の下に揺れる限りない優しさの影に吸い込まれるように、私も彼のすぐ傍《そば》に寄り添って寝転がっていました。ふと、彼がゆっくりと寝返ってこちらを向きました。そうして、上体を起こして私の方へ乗り出して来ると、

「ねえ、ノッコ。僕達はずっと昔から友達だったね。僕は、君が頭の良さそうな子だったから助けてあげたんだし、事実、僕が見抜いたとおりの子だった。手懐け切れないところもあってちょっと困らされたことだってあるけど、根は素直な信用できそうな子だった。それは今も変わっていないと思う。僕が君を選んだのは決して間違っていなかったと思うんだ」

しんみりとそう前置きして、

「これからも僕と友達でいてくれるね？　僕を信じてくれるね？」

その時の彼の目には何かしら今までになかった真剣なものが感じられて、私はひどく驚かされたのでした。

「う……うん」

私は頷く以外に為《な》す術《すべ》を知りませんでした。彼はちょっとの間私の目を見詰めていましたが、やがてふっといつもの優しい表情に戻ったのです。そして、そろそろと私の方へ顔を近付けて来たのでした。私がびっくりして思わず体を引こうとした時、彼の手が私の肩を摑《つか》んでいました。彼はそのまま優しく笑いかけながら、甘い、しかし落ち着いた声で、

「怖がらなくてもいいの。さぁ、目をつぶるんだよ、僕の可愛《かわい》い仔猫《こねこ》ちゃん。ふふふ……」

私はもう言われるままに目を閉じてじっとしていました。彼に摑《つか》まれた肩の辺《あた》りから背中にかけてぞくぞくと寒気《さむけ》が走るのをどうすることもできませんでした。そのうちにポッと体中《からだじゅう》が火照《ほて》って来て、ドキドキと胸が高鳴り耳の奥がじぃんとする中、ひんやりとした柔らかなやや張りのある感触を唇に感じていたのは、ほんの短い間だったような気がするし、もっと長い間だったような気もします。はっと目を覚ましたときにはもうどこにもタクの姿は見当たりませんでした。

夢だったのかしら？　でも、テーブルの上にはお菓子が少しばかり残った菓子盆と空《から》のグラスがちゃんと二個。伯母さんが帰って来られたのは私がそれを片付けてすぐでした。

8

その晩、私は中々《なかなか》寝付けませんでした。寝間に入ったその時分になって、昼間の、いや、あの奇遇の日以来のタクとのことが鮮やかに甦って来たのです。神出鬼没の言葉そのままに急に現れたりいなくなったり、時々突拍子もないことを言ってとぼけてみせたり、時には思いがけない深く沈んだ表情を見せたりしながらも、あのムーミン谷のスナフキン宜《よろ》しく、それまで優しく真面目《まじめ》に、人生や哲学（？）について語る私のお相手を務めてくれていた彼。それが、今日突然、怖いほどの真剣味を帯びて迫って来たかと思うと、からかい半分に通り抜けて行った、彼のあの言葉。そして、何かよくわからないうちに彼から受け入れてしまった初めてのキス。あの時私は一体どうなってしまっていたのだろう？　あの彼がなぜ突然あんな行動に出たのだろう？　考えれば考えるほどわからなくなるのでした。ひょっとしたらタクはこのまま、またどこか遠くへ旅立って行ってしまったのではないかしら？　ふと、何とはなしにそんな気がして来ると、もう落ち着きません。

しかし翌日、タクは約束どおり私を待ってくれていました。

盆地の中のあまり大きくない駅で、乗り降りする人もあまりなく、列車の停車時間は一分足らず。車内の様子を気にしてプラットフォームまで見送りに来て下さった伯母さんから、荷物を受け取って乗り込み、軽く別れの挨拶を交《かわ》しました。そしてざっと車内の様子を見たものの、やはりどの車両も満席の状態。立っている人や通路に座っている人もちらほら。それでもどこか空《あ》いていないかと見回しながら少し入り、とうとう諦めて荷物を降ろしたその時でした。腰の辺《あた》りを後ろから小突《こづ》かれて、振り向いた私はあっと声をあげてしまったのです。タクが笑ってこちらを見ていたのでした。二人分の席を一人で占拠し、足を長々と投げ出して。列車は既に動き出していました。

網棚に荷物を上げ、私を窓際に座らせてくれた彼に、

「ありがとう。でも、いくらあたしの足が悪いからって、こんなことしていいの？」

と言っても、黙ってただ無邪気に笑っているばかり。私がちょっと呆れていると、

「ねぇ、昨夜《ゆうべ》はあまり眠ってないんだろ？　起こしてあげるからさ、少し眠ったら？」

と来たものです。

「え？　……あ…うん……」

なんで彼にそんなことがわかるのかナ、と思いつつ、昨日のこともあってもっと彼に甘えたい気持ちになっていたのかもしれません。向かいの座席の中年のおばさん達の目を気にしながら、私は、彼のしなやかなピンと張った筋肉質の体にそっと寄り掛かっていました。

そう、この時にこんなことがありました。

私がふと目を覚ましたとき。頭上で何かひそひそと囁き合う声がして、はっとして顔を上げてみると中学生ぐらいの男の子が二人、にやにや笑いながら私達の後ろの座席から伸び上がってこちらを覗いているのでした。見れば二人とも煙草《たばこ》を吸っている様子。そのうちに一人が煙草《たばこ》を持った手をそろそろと伸ばして来たかと思うと、その煙草《たばこ》の火を、じっとしているタクの頬へ近付けて行くではありませんか。あ……と思ったその瞬間、その煙草《たばこ》を持った手をぐっと別の手が摑《つか》んでいました。色の白い大きく器用そうなタクの手。

電光石火とはこれでした。後ろの男の子はかなり慌てている様子でしたが、タクは手を離さず、煙草《たばこ》をもぎ取ってそれを自分の口にくわえたのでした。そうして、くだんの男の子の方を見てにっこり笑っただけなのに、その子、

「いたたたたぁっ！」

そんな悲鳴のあと、もう一人の男の子が飛び出して来て、

「何しやがんだよぉ！」

と凄んでタクの襟元を両手で締め上げたのでした。私はもうどうなることかとはらはらしているばかり。しかし、タクは顔色一つ変えずにすっと立ち上がり、逆にその男の子の手を取って握ったのです。彼がそれほど力を入れている様子でもないのに、その子、今度はなぜか声も出ず真っ青になり、腰が抜けたみたいになってふらふらと席に戻ったのでした。その間、周囲の人々の目はずっとこちらに向けられていて少々ざわめいたものの、触らぬ神に祟《たた》り無し、誰一人動き出す気配はありませんでした。タクがさっきの煙草《たばこ》をくわえたまま席に戻ると、一回吸っただけですぐにそれを窓の下の吸い殻入れへ。意外なところを見てしまって、

「煙草《たばこ》、吸えるの？」

私が驚いてそう言うと、彼は「吸えるけど吸わない」と言って座席の背もたれに深くもたれたのでした。私はまた、

「ねえ、さっきのあれは何をしたの？」

「別に。ちょっと驚かしただけ」

「えっ、驚かした……」

「…………」

彼はけだるそうに目を閉じて頷きました。

「でも、いいのかしら。あの子達、あんな年齢《とし》で煙草《たばこ》吸って」

「さあね。体を悪くするのも本人の勝手なんだろ」

「でも……」

もういいから、というふうに彼が私を抱き寄せていました。それきり私は何を言おうとしていたのか忘れてしまって、また彼に寄り掛かり、彼の肩を枕にしてじっとしていました。

9

台風と共に夏が過ぎ、秋になっても、私とタクとの秘密の交際は続きました。偶然の度重なりか、それとも彼の方がそうしてくれるのか、逢うのはいつも私が独りでいるときでした。家で留守番している時とか、例の団地へ散歩に出た時とか、図書館や書店で本を捜している時とか……。軽く話を交《かわ》しながら彼がちょっとした用事を手伝ってくれたり、また、話をしないまでも一日数回顔を合わせたこともあれば、数日も姿を見ないこともありました。こう度々《たびたび》逢ってもうっとうしく邪魔に感じるでもなく、また、しばらく逢わなくても淋しくて落ち着かなくなるでもなく、逢えれば勿論楽しいし、逢えなくても彼が私と同じ空の下に生きているのだと思うだけで満足でした。〈来る者は拒まず、去る者は追わず〉の心境を、〈仙人の杖〉を突く私はその時既に培っていたのかもしれません。だから、その後ふっつりと彼が姿を見せなくなってもあまり大きなショックは感じられなくなっていました。キスまでした仲なのに、自分でもちょっと信じられないくらいの変化でした。でも、決して彼のことを忘れたわけではなく、またいつか逢える、という期待が心底にあったことも認めなければならないでしょう。

最後に彼に逢ったのは、最初に出遇った時と同じ、あの団地の中の丘の上でした。たくさんの満開になったススキの穂が風に揺れている中で、いつもの和《なご》やかな沈黙を突然彼が破ったのです。

「ねえ、生きているって楽しい？」

「え？　……うん、今のところ、まあまあね。」

「じゃ、これからもずっと死なないで生き続けていたいと思う？」

「ん……と、それは……よくわかんない。なんにもしないのにずっと生きていたって意味ないし、何かやりたいことができて、そのためにずっと生きていたくなるかもしれないし」

「そうだね」と彼はちょっと笑って、

「でもさ、一生、僕と同じように自由な旅を続けることが君の夢だったね。もしそれが一生だけではなくってさ、永久に続くとしたら、どう？」

「永久に？」

「うん。」

私は返事に詰まりました。そしてちょっと考えてから、

「……構わないと思う。」

「ん？　本当？」

「うん。決まった場所や決まった時刻に縛られることがないし、自分の好きなように使える時間が無限に増えるんだもん、むしろ素晴らしいと思う。でも、ちょっと怖いような寂しいような、そんな気もするの。」

「あっはは……やっぱりそうか」

「人間でなくなることだもんね。それに、生きられる時間や空間が限られているからこそ、人間は、何もかも一生懸命にやれるのじゃないかな、とも思うし。」

私は精一杯の返事をしたつもりでした。彼は「そうだね」と言って口をつぐむとちょっと視線を逸《そ》らしたのです。その時の彼の表情を垣間《かいま》見て私ははっとしました。そこに見たものは、あの凛《りん》とした憐れむような眼差しだったからです。その目で遙か遠くをじっと見詰めているような感じなのでした。が、やがて、「それにしてもさ、」とあの穏やかな笑顔を私に向けて、

「人間の姿でいるって、面白いね。」

彼は確かにそう言ったのです。ん……?! 私は返事に窮しました。それまでのいろいろなことといい、そしてたった今の彼のおかしな言葉といい、いよいよ何か底知れない謎めいたものを感じて、私は目を丸くして彼をじっと見ていました。が、ああ、彼は、その美しい顔を綻《ほころ》ばせ、これまで以上に優しい眼差しを私の方に注いで来るばかりで、もうそれ以上何も言おうとはしませんでした。

その後も何度か遠くから彼の姿を見掛けたものの、それも一時《いっとき》。去り行く秋と共に彼は完全に私の前から姿を消しました。さよならも言わず足音さえも残さずに。

第三部　青年期・銀猫

その黄金の眼で、
時には人の生命を救い、
時には人の死を予告する、
この奇《く》しき白衣の妖精たち——
サイトスクリーナー。

（一）

今。私は、とある財団法人立の臨床検査センターで細胞診の仕事をしています。細胞診というのは字の通り、膣《ちつ》粘液・喀痰《かくたん》・尿・胸腹水など人体から採取された材料中の細胞を顕微鏡で観察する検査のことです。その結果の如何《いかん》によって、病気、殊《こと》に癌《がん》か否かの診断が下されることになる重要な検査なのです。詳しい事は後回し、兎《と》に角《かく》ここまで来るにはいろんな事がありました。

まずは、学生時代の迷いから叙述しなければならないでしょう。

中学時代・高校時代と、私は、まあ優等生の部類に入っていました。中学時代には成績は常にクラスのトップ、学年でも十番以内でしたし、高校時代でも学年で三十番以内でした。祖父の跡を継いで父が院長になっていた病院は、当時既にT大医学部に籍を置いていた従兄《いとこ》が継ぐことになっていましたから、できれば私も……と期待されていたようです。しかし、私自身の志向が理工系よりも寧ろ文化系に傾いていたのはもう言うまでもありません。それに足を悪くしたこともあり、両親は私の将来の進路についてあまり厳しく言わなかったようです。

高二・高三と進級するに従って選択科目の授業が増えて来ると、どうしても自分の進路をはっきりさせなければならなくなり、ここへ来て、さしもの私も初めて迷うことになったのです。文学を志してもいいし、できればそうしたいが、私の貧しい才能では不安だし自信もないし、文章一つ作るにもこう難産の連続ではとても後が続きそうもない。それは自他共に認めるところでした。かと言って、父のように、しかも不自由な右足を引きずりながら、朝から夜まで神経に鞭打って患者さんを相手にしていられる程のタフでもなし。或いはまた、事務へ行って毎日帳簿や伝票と睨めっこしている自分の姿など想像にも及ばず。散々迷った末、高三の初めになって私は漸《ようや》く、パラメディカルといわれる職種があることに気付きました。看護婦・保健婦・助産婦やレントゲン技師などは別として、薬剤師や栄養士や検査技師なら直接患者さんと接触しなくても済みますし、その方面の私の乏しい才能でも活《い》かすことができれば、と思ったのです。理詰めや数式のやたらと多い数学や物理はあまり得意でなかったものの、素朴な自然現象の観察から入る生物や化学が好きだったのは幸いでした。文学が好きなら好きで、別に趣味としてでも続けて行けるではないか。――この職種を薦めて下さったクラス担任の先生のこの言葉に、私は決定的なものを感じたのです。

斯《か》くして、私は検査技師への道を歩むことになります。

私のノートの方は二冊目に入っていました。表題は「銀猫」。あの時タクに語った、ノートを自分の〈戦場〉にしたいという夢。その当分の夢さえ果たせなかったけれど、検査技師――殊にサイトスクリーナーとしての仕事を得た今、私の女性としての〈必然〉と戦うための〈戦場〉は専らそちらに移りました。そして、ノートはノートでやはり、私の〈偶然〉と戦うためのもう一つの〈戦場〉になっていました。とは言え、こんなふうに格好ばかりつけてもいられません。「銀猫」の冒頭に書き込んだ一筆――それは正《まさ》しく私の本音でした。――

まだ少しも苦労を嘗《な》めたことのない世間知らずのお嬢さんに、一体何が書けるというのか！　――自分で自分をそう罵《ののし》ってみるが、やっぱり書きたくなって書いてしまう。言いたいことがあっても口では旨く喋れない。思い切り走り回ってみたい、独りで旅に出てみたい、自由になりたい、と思ってもそれもできない。結局私は、このノートでそんなことの憂さ晴らしをやっているだけなのだろうか？……

検査技師学校での二年間の必修科目の講義と実習。予習復習や試験勉強に追われたのは高校時代と似たようなものでしたが、実習のレポート提出というもう一つのお荷物が加わって、暇を得たいという望みは当分の間果たされそうもありませんでした。その後の一年間の病院実習。インターンのように病院の臨床検査部門の各検査室を一定期間ずつ回って行き、実際に仕事を手伝いながらそのコツを覚え、テクニックを練習し、ルーチンの流れを把握して勉強するのです。その間も、復習の意味を持つ実習記録の作成やレポート提出というお荷物が付いて回ります。そしてすぐ後には国家試験という関門が私達を待っていいます。そのための勉強も忘れてはいられません。兎に角、一日一日があっという間に過ぎる忙しい毎日でした。

が、その頃はまだ良かったのです。寧ろ楽しいぐらいでした。新鮮さや物珍しさも手伝って、内容に関係なく何でも吸収して自分のものにしてやろうというような、仕事や勉強に対する興味というか意欲というか情熱というか、そんなものに燃えていた、そして国家試験合格という一大目標を目指して突進していた、あの頃は。

私の行った実習病院は、（後に私もそこに勤務することになりますが、）国立大学医学部付属の大きな病院でした。医学の専門分野に内科・外科・小児科・眼科・耳鼻咽喉科・産婦人科・泌尿器科・皮膚科・精神神経科……といろいろあるように、臨床検査にも専門分野が幾つかあります。私の実習病院の中央臨床検査部（略して中検）は七つの部門に大きく分かれていました。検体中の化学成分の定量分析を行なう生化学検査室。貧血・白血病など血液細胞成分の異常や出血性素因に関する検査を行なう血液検査室。免疫や抗原抗体反応に関する検査を行なう血清検査室。検体からの細菌・ウィルス等の検出・同定などの検査を行なう細菌検査室。人体から切除された組織を顕微鏡で調べる病理組織学的検査及び細胞診を行なう病理検査室。尿や糞便・喀痰・胃液などのその他の系統的な検査を行なう一般検査室。心電図・脳波・筋電図・肺機能測定などの検査を行なう生理機能検査室。以上、七つの部門に検査技師は四十数名。技師ばかりでなく臨床病理医といわれる医師が四人おられましたし、専任の用務員・事務員・洗浄係といった人達も何人かおられました。技師学校や大学を出立ての血の気の盛んな若い人もいれば、年輩の人生経験豊富なベテランもいて、縦・横の人間関係も見たところ様々なようでした。

ところが、この病院で、またもや思いもかけない巡り会いが私を待っていたのです。

それは、実習の初日。午前中、検査部長さんに連れられ、見学を兼ねて中検の各部屋を挨拶に回ったその後のお昼のことでした。私は昼食を済ませた後、技師控え室で休んでいました。部屋では技師の人達が何人かお弁当を展《ひろ》げたりお茶やコーヒーを喫《の》んだり、テレビを見たり新聞や本を読んだりしておられました。そのうちに部屋の隅にある電話が鳴り、すぐ傍《そば》にいた人が受話器を取ったのです。

「はい、技師控え室です。……え？　松宮さん？　実習生の？　ええ、いるわよ。ちょっと待ってね。……松宮さん、お電話」

そう言われて私は立ち上がりました。今日ここに来たばかりなのに、私に電話なんて誰かしら？

「もしもし」

「あ、もしもし、ノッコ、元気？」

聞こえて来たのはやや上ずった感じの男の人の声でした。私はびっくりして、

「はぁ？　あのぉ、どちら様でしょうか？」

「はははは……僕だよ、僕。」

「え？　……あ！」

なんという迂闊。この声を忘れていたなんて！

「タク?!　タクね?!　わあ、久し振り、懐かしい！　今どこにいるの？」

「すぐ上だよ。五階の病理検査室。」

「病理？　あなた、そんなところで何してるの？」

「アルバイトで細胞診やってるんだ。またちょっと覗きに来ない？　それともこちらから会いに行こうか？　いずれ実習でこちらへも回って来るだろうから、その時でもゆっくり顔を合わせられるけどさ」

……午前中、君が挨拶に来た時は外出していて会えなかった。今すぐにそちらに行くから待っていて欲しい、とのことでした。

受話器を置いた時、私は信じられませんでした。五年前、黙って私の前から消え去って行った彼。今時分はまたどこか遙か遠い国の空の下を悠々と彷徨《さまよ》い歩いているであろうその彼が、何故《なぜ》、しかも選《よ》りに選《よ》って私が来ることになったこの病院で？　――そんな気持ちのまま、私は入り口のドアに近い椅子に腰を降ろして、やって来るであろう彼を待っていました。ふと気が付けば三、四人の若い女性の技師の人達が私の方を見て何かこそこそ話し合っています。そうしているうちに、ややゆっくりした高い足音が次第にこの部屋の方へ近付いて来るのが聞こえて来ました。その足音がやがて部屋の前で止まり、カチャ……と三〇センチばかりドアが開かれて、こちらを覗き込んでいた笑顔。それは間違いなくタクでした。彼はそのまま部屋へ入って来ようとはせず、私は何も言われないのに外へ誘い出されていました。そして右足を引きずりながら歩き出していました。ちょっと立ち止まってはこちらを振り返りながら廊下をどんどん歩いて行く、白衣を纏った彼の姿に惹かれ、胸をわくわくさせてどれだけ歩いたでしょうか。診療棟から病棟へ通じる角を曲がった時。彼がそこに立ちはだかっていました。

彼の白衣の下は相変わらずの黒豹スタイル。脚長で細めのすらりとした体格。ふさふさと額に垂れ掛かった前髪、長い睫毛の涼しい目許、すっきりした鼻筋、ちんまりした唇、引き締まった桜色の頬と心持ち尖った顎……そのあどけない爽やかな甘いマスクも、何もかも全く昔のままでした。私はやや見上げるような感じでじっと彼を見詰めていました。一七〇センチ以上あるかないかという彼の身長でしたが、一五〇程しかない私ではそうなってしまうのでした。その時私は彼に抱き着きたい衝動を、妙な分別と羞恥心とでじっと抑えていたのです。彼の方は全然変わっていないかもしれない、でも、私の方はもう子供じゃないのだから……と。しかし、――

「とうとう来たんだね。待ってたよ。元気だった？」

その声を聞いた途端に私は昔に引き戻されてしまい、あの天使の微笑《ほほえ》みを見た時はもうダメでした。彼の胸に飛び付いた時のあの力強い感触。ごつごつしているでもなくふっくらしているでもない、ピンと張ったしなやかさが白衣の上からでも伝わって来るのでした。

「ごめんね、こんなところまで引っ張って来たりして。さっきの部屋ではちょっとヤバいからさ。」

私の耳元に降り懸かって来た温かな息遣い。彼の両手が私の背中の方に回っているのをぼんやりと感じているうちに、心臓がドキドキと高鳴り、息も少し荒くなって来て気が遠くなりそうになり、私ははっとして慌てて体を引いていました。恥ずかしくなってぽうっとしていると、彼がくすっと笑って私の手を引いて、

「ねえ、あそこに座らない？」


病棟の詰所には看護婦さんが二、三人。その病棟とこちら側診療棟を繋ぐ廊下の中程にエレベーター二基と階段があり、その向かいには長椅子が二つ設けられていました。喫煙所でもあるのか脚《あし》の付いた灰皿が四つ。その長椅子の一つに私達は二人して肩を並べて座り、しばらく黙ってお互いを見詰め合っていました。やがて私がすっかり落ち着いたのを見計らったのか、彼がにっこり笑って、

「あれから五年は経ったんだね。君、今、二十歳《はたち》？」

「うん……。今年の十月で二十一になるの。」

「ふうん。でもあんまり変わっていないね。もう大人っていうムードだけどさ。」

「そう？　……お化粧しないからかな」

「あ、そうか。もう年頃なのにどうして？」

顔を見られながらそう言われて、私はちょっぴり恥ずかしくなりました。

「好きじゃないのよね。いろいろベタベタ付けるの面倒だし、これ以上いじくったって綺麗になれる自信なんかないし……。それにね、化粧して美しくなるってことは、取りも直

さず、化粧を落とした時の素顔が醜くなるってことでしょ？　だから……」

「ふうん。」

彼は頷き、にっこり笑うと、

「相変わらずだね。」

「……でも、タクには負けるわよ。十五年前と全然変わってないんだもの。どういうこと？」

「だからさ。言ったろ。僕はもうこれ以上年を取らないんだって」

「…………」

私は黙ってしまいました。

ピーター・パンなんてお伽噺《とぎばなし》だと思ってたけど、これはどうやら本当らしい。そう言えば、最近ＳＦの紹介か何かの本で読んだわ。その物語の主人公は、遺伝子の異常によって数百年で普通の人間の一年分しか年を取らない、ということだった。タクもそれと似たような体質なのでは？　私はそう思いました。とすれば、これまで彼が私に対して取って来た態度・私に見せて来た様々な表情・私に掛けて来た言葉……それらが総て、何らかの意味を持って生きて来るような気がするのです。今、彼がこうしてこの病院に来て細胞診なんかやっているのも、その有り余る時間のほんの一部を利用してそういう技術を身につけたのに違いありません。そしてその悠久の自由な旅の中の一ページとしてそういう経験を味わっているのかもしれません。

「何を考えてるの？」

突然彼が尋ねて来て、私ははっとして、

「う…ううん、別に。……でも、こういう仕事を一つするにしてもね、いろいろと手続きが要るんでしょ？　その辺はどうだったの？」

「手続き？　どんな？」

「例えば、戸籍。あなたにはそれが無かったのじゃなくって？」

「戸籍？　あっはは……そんなもの、作ろうと思えばいくらでも作れるよ。消そうと思えば何時《いっ》でも消せるし。なにしろ、人間そのものよりも文書の方を重要視するお役所のこと、わけないさ」

彼はそう言って無邪気に笑ってみせるのでした。

それにしても、と私は思いました。さっき彼は確かに「待ってたよ」と言った。彼はいつからこの病院にいるのかしら。私がこういう方面に進み、更にここへやって来ることを知っていたのだろうか？　だとすれば、なぜ？　――しかし、彼の優しい笑顔を見ているうちにそんな疑問が色褪せてしまうのはどうしようもありませんでした。それほどタクは、私の目には凄く魅力的なカッコいい男の子になっていたのです。いつしか彼の手が私の背中を越えて肩に掛かっていました。その時の私にはもはやためらいも恥じらいもありませんでした。彼の体に寄り掛かり、久し振りのその感触を貪るように楽しんでいました。

と。彼が私の左手を取って時計をちらっと覗き、

「あっ、もうこんな時間か」

一時十分前。彼は腕時計を着けていなかったのでした。私が「時計、持ってないの？」

と言うと、「うん」と頷き、

「その方が勘を養うのにいいんだって」

そして、私から離れて立ち上がるとにっこり笑って、

「もう行かない？」

私達はすぐその場で別れました。彼はそこの階段を登って五階へ。私は元来た廊下を歩いて行って中検で階段を登り、二階の生化学へ。私の最初の実習の場所でした。

（二）

中検即ち中央臨床検査部は診療棟の東側の大部分を占め、地下一階に病理の解剖室が、最上階に生化学のＲＩ検査室がある外《ほか》は、一階が技師控え室・更衣室・部長室・受付・事務室、二階が洗浄室と生化学・一般、三階が血液・血清・細菌、四階が生理機能、五階が

病理になっていました。

　日が経つにつれて、私にも次第に中検の中の様子が分かって来ました。年輩の人は兎も角、比較的若い人達は大きく二つのグループに分かれているようでした。二階の生化学を中心とするグループと、三階の血液を中心とするグループと。仕事の手伝いや技術の練習や勉強の合間合間、或いはお昼休み、私はいろんな話を耳にしました。殊によく耳にしたのは、美杉　拓也（みすぎ・たくや）と名乗っている中検切っての美青年・タクについての噂でした。

　細菌のAさんから聞いた話。それは、初めて彼が病院に姿を見せた時の事についてでした。その日外は薄暗く、稲妻が閃き雷鳴が轟き風もやや強くて雨も半ば土砂降っていましたが、そんな中を昼頃、彼は傘もささずに平気で歩いて来たのだそうです。背中を少し丸めたスリムな体に、上は長袖のネルのシャツから下はベルト・パンタロン・シューズに至るまで総て真っ黒な服装で、なんとなく異様な雰囲気でした。が、顔を見ると、少女と見紛《まが》うばかりに若くてギクッとする程のハンサムで、しばらく見蕩《みと》れて後を付けて行ったのだそうです。そのうちにその青年が中検の方へ歩いて行くのに気付き、まさかと思っていたら本当に中検に入って行き、しかも部長室の前で立ち止まって中へ入ろうとしたのでびっくりした、というのです。Aさんが何の用かと呼び止めようとして急いで近付いて行った時、彼の方が上品な笑みを浮かべて軽く会釈し、「相すみません。速水《はやみ》先生は居《お》られませんでしょうか?」と丁寧に尋ねて来たので、またびっくりしてちょっと慌ててしまったのだそうです。

私は、成る程、第一印象はやはり似たようなものなんだな、と思って聞いていました。が、現場の病理のGさんの話は、〈黄金の眼〉とも云える彼の超人的な力量と実力の程を如実に物語っていました。それは、Aさんの話と同じく初めて彼がやって来た時の話でした。その日は確か金曜日で、明日半ドン・明後日休日、という日だったとのこと。昼過ぎ、病理医の武村先生に連れられてやって来た彼に、遅れに遅れ溜まりに溜まって、プレパラート四十枚入りのマッペ三十余枚に詰め込まれ積み上げられた未鏡検の細胞診の標本を見せた時、さしもの彼も色を失ったそうです。が、それでも彼は顕微鏡の前に座って片っ端から標本を見始め、お茶の時間を挾んで晩方みんなが帰り始める頃までには、既に四マッペは片付けていたというのです。今の私から見ても驚異的なスピードでした。それだけではありません。その後の土曜・日曜の二昼夜、彼は部屋の鍵を預かり持ったままぶっ通しで標本を見続けていたらしいのです。月曜日の朝にはキレイに片付いていて、空《から》になったマッペと見終わってきちんと整理された標本と報告書が山になっており、しかも三十件余り出て来た癌細胞陽性《ポジティヴ》の標本には総て目印のインク点が打ってあった、ということでした。彼はいささか疲れ切った様子で鏡検室の長椅子に寝そべっていたのだそうです。大丈夫か、無理するな、と言う他の人の心配を余所《よそ》に、彼はその日から早速、検体の受付から処理・染色・スクリーニングまで細胞診の一切を任され切り回しているのでした。
博識で話題の結構豊富な彼は仕事以外でも人気者で、男女を問わず、彼と話がしたくて近付いて行く人は割にたくさんいるようでした。尤《もっと》も、酒・煙草・味道楽・クルマ・女遊びも、ゴルフ・釣り・登山・スポーツ・ディスコ・ギャンブル・ゲーム遊びも、雑誌・テレビ・音楽・映画・観劇も、コレクションも嗜まないという清純派の彼を、

「一体何が楽しみで生きてるんだろう、あいつは」

とか、

「あたし、あんなどこにも欠点の無いような人なんて好きじゃないわ」

とけなす人も中にはいましたが。兎に角、今や彼は中検のアイドル的存在になっていたようです。

その日も私は昼食が終わるとすぐ生化学の部屋に戻ったのです。いつもなら誰もいない筈でしたが、奥の机で若い女性ばかり四人、お菓子をつまみながら話に夢中になっている様子。二人が生化学の人でもう二人は一般検査の人でした。私が聞き耳を立てていると、

――

「……ねえ、聞いてよ。この前あたし、ちょっと用事で病理の方へ行ってたのよね。帰りがけに、美杉さんが試験管一本と依頼票を持って帰って来たわけ。試験管の中身をちらっ

と見たら、薄茶色に濁ってドロッとしてたからさ、『それ、なぁに？』って訊《き》いたら、ザーメン（精液）だって言うの」

「ザーメン?!」

「うん。それでね、あたしそんなの見たことないからさ、どんなのかな、と思ってよぉく見せて貰おうとしたのよね。そしたらさ、彼、『入れてあげようか？』だって。」

「え…ええっ？　入れるって、あ…あそこに？」

「決まってるじゃない」

「ええっ?!」

「わぁっ、エッチ！」

「そ…それで、彼、どうしたの？」

「あははって笑って中へ入って行っちゃった。」

「ふうん。いやぁね。」

「びっくりしたんじゃない？」

「うん。」

それからくすくす笑い声。ややあって、

「ねえ、今度はあたしの話聞いてくれる？」

「うん」

「ほら、この間あたし、お弁当持って来た時に、魚の骨がノドに引っ掛かって中々取れなかったことがあったでしょ。あの時もさ」

「そうよ。あたし、一緒にいたから知ってるわ。そこに居合わせていた美杉さん、苦しんでるってのはちょっとオーバーだけど、そんなBさんに向かって何て言ったと思う？」

「『それだったら、病理にいいのがあるよ』って。何かと思ったら、『脱灰液が』だって」

「脱灰液って確か、病理でカルシウム抜いて骨を柔らかくして切り易くする、あれ？」

「そう。病理のGさんが教えてくれてから初めてわかったんだけど」

「…………」

「きつい冗談ね、さっきの話といい」

「にっこり笑って人を刺すってヤツか」

「……でも、どうしても憎めないのよね、彼。仕事をしてる時はなんとなく近寄り難い感じだけど、それ以外では優しくってさ、黙って親切にしてくれるし、話をしたらよく聞いて相手になってくれるし」

「そうね。……」

またややあって、

「それはそうと、あの子、アルバイトでしょ？　あれだけ実力あって、仕事バリバリやってて、どうして正職員になれないのかしら。もう大方二年ぐらいになるのに」

「定員の問題があるからでしょ」

「ううん、そうじゃないわ。あたし、ちょっと聞いたんだけど、彼の方から断ったらしいわよ」

「えっ？　どういうこと？　それ」

「病理の武村先生のお話だけどね。このところ、病理組織も細胞診も検体の数が増えて来ているから、病理の定員をもう一人増やしてはどうかって、先生が部長さんに相談なさったわけ。それは当然、美杉さんを正職員に昇格させることを意味した」

「うん。いいんじゃないの、それで」

「うん、その話、上の方でも認められたらしいのよね。ところがさ。美杉さん、その場に呼ばれて行って、昇格の話を聞いた途端に、『それなら僕、もう辞《や》めさせて戴きます』って言ったそうよ」

「ええっ、どうして？」

「正職員なら他にもっといい人がいる筈だ、って。自分はアルバイトのままで結構ですし、そうでなければ困ります、って言い切って、いくら理由を訊いてもそれ以上何も言おうとしないんですって。」

「どういうことかしら」

「こんないい話、無いのに」

「でも、今美杉さんが辞めて行ったら、病理は困るんじゃないの」

「そういうこと。だから、美杉さんの昇格の話、結局は無かったことになっちゃったらしいけど」

「じゃ、他に人を捜すことになったのかしら」

「うん、そうらしいわよ」

「でも、ああいう仕事、特殊な技術や知識が要るし、かなりの経験を積んでいないとダメなんでしょ？　何か資格があるんだそうだけど、それだって、あそこで今持ってるのは美杉さんだけだっていうし。他にいい人、そう滅多にいないわよ。ねえ」

「うん。」

その時、その人達は私がいたことにやっと気付いたらしくて、

「あっ、松宮さん。あなた、美杉さんと幼馴染《おさななじ》みか何かだったんでしょ？　彼、本当はどういう男の子だったの？」

私にすれば、あの最初の日、タクからの電話を受け取って出て行っただけでそんなふうに見られるなどとは思ってもみないことでした。私が返事をためらっていると、不意に部屋の隅の電話が鳴りました。私はかの人達から逃げるようにその方へ。

「もしもし、生化学ですけど」

「あっ、ノッコ。今、暇？」

タクの声でした。私はほっとしましたが、すぐに後ろの人達を意識して、

「え？　…は、はい」

ところが、彼は聡明に、すぐにこちらの様子を察したらしく、

「どうしたの？　……あ、部屋に誰かいるね。悪かった」

言われて、私は一瞬戸惑いました。

「は……あ、いいえ」

「今日《きょう》は屋上に出てみない？」

「はい、わかりました。すぐに行きます」

「僕もすぐに行くからね」

「はい」

私は電話を切ると早速部屋を出ました。途中、後を付けられていはしないかと心細いながら、エレベーターで一気に屋上へ。上がってみると、既にタクが待っていました。


エレベーターを降りて屋上への出口を出た時、空はぼんやりと薄曇り。まっすぐ前を見ると、折からの風に髪の毛と白衣の裾をなびかせ、柵の金網に手を掛けてじっとしているタクの後ろ姿がすぐに目に入りました。後ろから何気なく声を掛けて近寄って行く積《つも》りが、さっきの人達の彼についての話を思い出しているうちに、なんとなく気後れして来たので

す。あたしには勿体ないくらいのこんな素晴らしい男の子を、あたしが独占してしまうようなことになって、いいのかしら？　……

　俯いてためらっていると、

「どうしたのさ？」

　という声が聞こえ、はっとして顔を上げるとタクが笑ってこちらを見ていました。私は彼の傍《そば》まで近寄って行って、

「今ね、下で、あなたについての噂、いろいろ聞いていたの」

「僕の噂？」

「うん。ザーメンのこととか、脱灰液のこととか」

　「ああ、ああ」と彼は頷き、ちょっと笑って、

「生化学のFさんとか一般のBさん達だろ」

「うん」

「物見高いし噂好きときてるからね。有名なんだ、あのグループは」

　私はその人達の話を思い出しながら、FさんやBさんが彼の前で呆気《あっけ》にとられている様子を思い浮かべているうちにおかしくなってくすくす笑い、

「あなた、本当にあんなこと言ったの？」

「うん。言ったよ。」

彼はそう言って茶目っ気たっぷりに笑って見せるのでした。

「あたし、あなたがどんな人かって訊かれちゃったわよ。あなたとは幼馴染みだったんでしょ、って言われて」

「ん？　それで？」

「何と言えばいいのか迷ってたら、あなたが電話してくれたの。」

「ははは……そりゃあよかった」

彼はそっと私の腕を引き、金網の傍まで私を引き寄せてくれて、

「他に何か言ってなかった？」

「言ってたわ。あなたが、もう少しで正職員にして貰えるところだったのに、なぜか棒に振ってしまった、って」

「ああ、そのことか」

彼はふっと寂しげな笑いを浮かべて、

「そういつまでもここには居られないし、……何時《いつ》でも辞めて行けるようにね。」

そして私から視線を逸《そ》らし、金網越しに遠くの街並みを見詰めるのでした。

「所詮、僕は何処《どこ》へ行っても仮住まいだよ」

「え？……」

「君とのこともね」

仮住まい？　……あたしとのことも？　……そうなんだわ。彼にとっては何もかもほんの一時的な事に過ぎなかったんだわ。そう思って彼の横顔を見た時、私ははっとしていました。彼はまたもや、あの憂いを含んだ憐れむような濡れた眼差しをじっと遠くに向けていたのです。――私は小さかった時も、幾度も彼のこの眼差しを見ては泣き止《や》み、だだを捏《こ》ねるのもやめてしまい、素直な気持ちにならざるを得ませんでした。大きくなってからも、彼のこの表情を見た時には、何かしらドキッとするというか気持ちが引き締められるというか、そんな感じにさせられてしまうのでした。そして五年目の今、また……。

そんな彼の様子におどおどしながらも、私はふと尋ねてみたくなったのでした。

「タク……」

彼は首を僅《わず》かに動かして反応を示してくれました。

「今更、こんなこと訊いておかしいと思うでしょうけど、笑わないでね」

「うん」

「一体あなたは何者なの？　何処《どこ》から来たの？　あなたが普通の人間じゃないってことは、もう前々からわかってた……ううん、ひょっとしたら、これはあたしの単なる一種のヒロイズムじゃないかって思ったことも何度かあるわ。そう、自分が特に好意を持った人に対して、この人だけは違う、この人だけは平凡な人間であって欲しくないって期待したがる、あれよ。……でも、やっぱりそれは違う。きっと何かある。そう思うの。」

それは、いつか確かめてみたいと以前から思っていたことでした。今まで馬鹿馬鹿しいと自分の胸の中で否定し続けていたのは、そう思い込めるだけの自信と言い出す勇気が無かったからに違いありません。

「ねえ、タク」

しばらくの間黙っていた彼はゆっくりとこちらを向いて、私の肩を軽く摑《つか》み、

「その通りさ、ノッコ」

そう言った彼は優しい表情に戻っていました。

私はちょっと意味がわからず、

「えっ？……」

「もう、信じる・信じない、じゃなくて本当のことが知りたいんだろ？　……ふふふ……いずれわかるよ」

目を見張っている私に尚も優しい視線を投げ掛けながら、彼は言葉を続けるのでした。

「僕には翼が有るんだ。目には見えない翼がね。天使やキューピッドじゃないけど、勿論悪魔やゴルゴンなんかでもないからさ、安心していいよ。ふふふ……」

そして、

「それだけじゃないよ。僕には爪も嘴《くちばし》も有るのさ。どんな相手でも一撃で倒してしまえる

武器がね。だから僕はいつでも怖いもの無しだった。ただ、それ故《ゆえ》の孤独を自分独りで味わえる勇気や、上の方で自分をコントロール出来る力がもっと欲しいと思うこともあるけど……。」

——翼、そして爪と嘴。私は自然に、鳥、それも鷲とか鷹のような猛禽を思い浮かべました。次の瞬間、思い当たることがあって私は彼の方を見ました。鳥——いつまでも年を取らず死なないという彼——。そのとき私は、幼い時にこの目で見たあの〈不死鳥〉——火の鳥——を思い出していたのです。ま…まさか、タクが……?!

しかしその間も彼は、私の肩に載せていた手を少しずつ私の背中へ回していました。そうして私をそっと抱き寄せると、

「何にしろ僕は決して君の悪いようにはしないよ。でも、君にしてみれば僕だって誘惑者なんだから、その点は心しておいた方がいいかもね。ふふふ……。」

そんな彼の言葉に気を取られているうちにいつのまにか、私は彼の腕の中に入れられてしまっていました。戸惑ったり怯えたりしている暇もなく、私は彼に、これまで以上に強い力でぐっと抱き締められていました。淡々とした言葉とは裏腹な突然の激しい挙動に、私は思わず「あっ」——それも声になったかどうか。もう殆ど息が止まるかという時、彼は不意に腕の力を緩めたのでした。が、私は目を開《あ》けることができませんでした。すかさず私の唇を勢いよく塞いでいた、あの柔らかなやや張りのある感触。それも以前と違って

何か荒々しく、溶かされて吸い込まれそうに熱っぽいキスでした。いつ終わったのか定かでなく、その後も私の背中に両手を回したままでじっと私を抱いてくれていた彼。その彼に縋《すが》りついている自分に気付き、私は慌てて体を引いていました。息は弾み、胸は高鳴り、顔が・体中がぽうっと火照《ほて》っていました。真っ赤になっている自分を想像して余計恥ずかしくなり、私は逃げるように彼から離れていました。

エレベーターのボタンを押して後ろを振り返ると、タクはまだじっと背を向けたまま金網の向こうを見ていました。

そんな事があってから、廊下や中検の各部屋で度々彼の姿を見掛けるようになったのでした。誰かと話をしながら廊下を歩いていたり、控え室で何人かの人達と一緒にお茶を喫《の》んでいたり、私が実習で来ている部屋へちょっとした用事でやって来たり……。そんな時の彼はまるで別人のように私に対して他人行儀でした。たまに廊下などで一人でいる彼に出会ってもちょっと会釈してくれるぐらいのものでしたが、それでも私は満足でした。彼はあの〈火の鳥〉と何か関係があるのに違いない。そして私独りだけがそれを知っている。そう思うだけでも楽しかったのです。そのうちに私は、彼がそういう態度をとっているのは私を実習に専念できるようにさせるためなのだと気付きましたし、事実その通りでした。そんな彼との間をただの友情で終わらせたくない。私はそんなことさえ思い始めていたのでした。

（三）

「ねえ、聞いた？　美杉さんと赤崎さんとの噂」

「うん、聞いてるわよ」

「赤崎さんて、血液でカウントしたりアナリーゼ（白血球分類）したりしてるあの子でしょ？」

「うん。そう。一昨年《おととし》、美杉さんが来た時から目を着けてたようだけど、この頃《ごろ》は相当の熱の入れ様よ。まるでこれ見よがしって感じじゃない？」

「そう、そう言えば、今年のバレンタイン-デーに、真っ先に美杉さんにチョコレート贈ってたわね、彼女」

「へぇぇ、本当？」

「でも、美杉さんには幼馴染みがいたんでしょ？　あの実習生の松宮さん」

「あら、幼馴染みだからって恋人同士になれるとは限らないわよ。第一、美杉さん、松宮さんには全然関心が無いって感じだし、一緒にいるところを見た人だっていないしさ」

「そうね。それにしても、あーあ、赤崎さんが羨ましい。あんなに積極的に迫って行けるんだもの」

「彼女にはその資格が充分あるわ。美人だし、頭切れるし、腕も立つし」

例によって技師控え室で聞いたFさんやBさん達の会話です。それまでタクと血液の赤崎さんの噂もちら、ちらと聞いていましたし、一緒に歩いている姿も二、三度見掛けました。彼を恋い慕う女の人が他にいても不思議ではないと覚悟していたものの、こうはっきりと聞かされては私も心穏やかではありませんでした。が、——

「でも、どうかな。美杉さんのあの様子じゃあね」

「どういうこと？　それ」

「彼の方は、何かこう、どうでもいいって感じなのよね。ただ彼女が誘うから彼が誘われてるだけで」

「でも美杉さん、見たところ満更でもなさそうだけど？」

「そりゃあ、彼、優しいから断り切れないでいるのよ。Gさんの話だと、赤崎さんから誘いの電話なんかがあった時には、彼、迷惑そうな顔して出て行くんだって」

「ふうん。」

「へぇぇ、知らなかった」

「夢中なのはスカーレットばかりなり、か」

「なぁに？　そのスカーレットって」

「美杉さんが付けた、彼女を指す呼び名よ。赤崎さんの〈赤〉と、『風と共に去りぬ』のスカーレット＝オハラとを掛けたんだって。」

「あ、なるほど。あッたまいいッ」……

さもありなん。そこまで聞いて私は部屋を出ました。

生化学・一般検査を経て今、私の実習は三番目の血液。その途中に夏休みを挾みましたが、その休みの間タクとは全くの逢えずじまい。その間に何があったのか私には知る由もありませんが、あのタクがそう簡単に他の人間に心許す筈がないことは、甘えなどでなく私が一番よく知っている積りでした。そしてそれはさっきのFさん達の話で裏付けられた。私は満足でした。


通学電車の中の半袖が次第に減って行く。都会の日常の中にやっと見付けた秋の色がそれでした。そうしてつい先週は、病院の庭の片隅で白や濃い桃色のコスモスの花が風に揺れて咲いているのを見付けました。が、あの団地へちょっと足を向ければ赤トンボ・薄《うす》紅葉《もみじ》・ススキの穂・金木犀の香り……と秋がいっぱい。

深まり行く秋と共に、私の実習は血液から血清へと移っていました。そんな或るお昼休み。今、部屋にいるのは私独り。いつものように実習ノートを開いて見るでもなく、読みさしの文庫本を読むでもなく、なぜかぼんやりしてしまってじっと座っていました。

タクはどうしているかしら。ふと私はそう思いました。あれから彼は更に私から遠ざかったようです。彼に話し掛けて行ってみようか、彼の部屋へ遊びに行ってみようか、電話してみようか、と何度思ったかわかりません。しかし、こちらは部外で丁稚奉公も同然の実習生、あちらはアルバイトとはいえプロ中のプロ、しかも中検のアイドル。格が違い過ぎて他の人の前ではとてもそうまでする気になれないのでした。彼と二人きりで逢おうと思えば、彼の方から声を掛けてくれるのを待つ以外になかったのです。

ひょっとしたら、私は彼のことが好きになってしまったのでは？　そう思って、私はおかしくなりました。好きなのはずっと昔からなのに、何を今更……。でも、確かに何か違って来ている。何が違って来ているのだろう？　この頃《ごろ》堂々と彼と一緒に歩いている赤崎さんや、同じ部屋にいて毎日彼と顔を合わせるGさんが羨ましく思えるのも、その徴候かしら？

そのうちに私は、屋上で彼に抱き竦《すく》められて唇を奪われたあの日のことを思い出していました。奪われた？　そう、表面的には。でも、終わってみれば、抵抗するどころか興奮させられていた。彼があれほど情熱的な行為に出たのは初めてでした。火が燃え移るように、彼からその情熱を移されたのかもしれません。実習実習でその日その日があっという間に過ぎて行き、もう半年近くも前の事になるのに、まるで昨日の事のようにその記憶は鮮やかでした。――あれは彼のほんの気紛れだったのだろうか？

そんな気持ちのままでじめじめと日々を送るうちに、私は、あれ程振り回されるのを疎《うと》ましく思っていた俗っぽい感情や欲望に、いつのまにか振り回されている自分の姿に気付き、憮然としてしまったのです。それを忘れ、それから逃れたいばかりに、私は実習や勉強に一層精魂傾けたのでした。いや、我武者羅に突き進んだと言う方が正しかったかもしれません。

やがてまた季節は移り、秋から冬に入って、私の実習も血清から細菌を経て生理機能へ。年が明けて半月、いよいよ最後の部屋・病理に入ります。

来週からその病理での実習が始まるという、土曜日。昼までの生理機能での最後の実習も終わり、昼食も終えて、私は、次の部門に移る時にいつもやっていたように病理検査室へも挨拶に行ったのです。そこには、臨床病理医の一人であり病理組織診断医で細胞診指導医でもある武村先生と、アルバイトで細胞診をやっているタクの他、三十過ぎで二児の父親である御子神（みこがみ）さんという男の人と、同じく三十過ぎの独身女性・Gさんがおられました。お二人とももう八年ぐらいになるベテランだそうです。

私がその部屋を訪れた時、鏡検室ではタクが奥の窓際の机の顕微鏡で細胞診のスクリーニングをしている真っ最中でした。かなりシビアなものを感じて声を掛けるのをちょっとためらっていると、報告書にボールペンでざっと判定を書き込んで標本を顕微鏡のステージから素早く外した彼が、「ん？」と手を止めてこちらを見ました。

「やあ、しばらく」

彼は椅子から立ち上がってこちらに近付いて来たのでした。何ヵ月振りかに見た彼の優しい笑顔。私は嬉しくなって思わず彼に抱き着きそうになりました。必死でその衝動を抑えていると、

「実習に来るんだね。来週からだろ?」

「う…うん」

「ちょっと待ってね。武村先生とGさんがまだ食事から帰って来られないけどさ」

そして彼は型板ガラスの壁を隔てた隣の標本作製室へ。私はほっとしました。

標本作製室は鏡検室の二倍半ぐらいの広さの部屋で、中央に作業台と実験机がありました。一歩踏み入って覗いてみたら、作業台や実験机の上には染色液や有機溶媒入りのガラスバットがずらり、試薬棚には試薬瓶やフラスコ類がびっしり、窓際の作業台や部屋の周辺にはミクロトーム・伸展台・自動包埋装置・クリオスタット・遠心分離機・冷凍冷蔵庫などの器具・機械類がずら、ずら、ずら。パラフィンや有機溶媒の混じった臭《にお》いが部屋中に立ち込めていましたし、換気扇の低い唸りも聞こえました。こちら側の作業台の横に据え置かれたディスカッション－オキュラーの顕微鏡がまだ新しかったようです。向こう側の実験机の試薬棚の曇りガラスを通して二つの白い影が動いているのが見えましたが、やがてタクがこちらへ出て来て、その後ろから姿を見せられたのが御子神さんでした。タ

クと違って背は私より一〇センチ程高いだけ。僅《わず》かに丸みを帯びたがっちりした体格の、筋骨逞しい太めのおにいさんといった感じなのです。髪をやや延ばして色黒で、まろやかな感じの頬と鋭い口許・黒縁眼鏡のぱっちりした涼しい目許がとても印象的な人でした。

「あの……、どうも失礼します。」

私がそう言って会釈するとあの人も軽く会釈なさって、

「実習に来るんやってね。」

「はい。一ヵ月半、お付き合いさせて戴きますので……。宜しくお願いします。」

「はい、わかりました。ここ、技師は僕等《ら》三人しか居てないんで忙しいからね。そう付きっ切りで教えてられへんと思うけども……。」

温和な関西弁。白衣の袖を少し捲り上げて腕組みしておられましたが、浅黒いその腕には緑がかった灰色の静脈がくっきりと浮かび上がっているのが見えました。ちょっと見には三十過ぎたばかりと思えないほど貫禄充分でしたが、その割に物腰の柔らかい人でした。

「それじゃ、来週からどうぞ宜しくお願いします」

「はい。わざわざどうも、御丁寧に」

私が標本作製室から鏡検室に移って一息ついた時でした。

「前に一遍挨拶に来てた子やな」

「ええ。」

「可愛《かわい》い子やね。彼女、学校はどこやったんかな」

「K医療技術学園ですよ。血液のYさんとか細菌のMさんの後輩です」

「ああ、そうか。君とは幼馴染みやったんやて？」

「ええ。あの子が小さい時は僕が面倒見てたんです」

「はあ？　面倒見てた？　……って、君、今、年齢《とし》なんぼやねん」

「一応、二十三ですけど」

「いちおう……？」

「……ははは」

背後でそんな話し声が聞こえました。私が更に鏡検室を出ようとした時。

「ねえ、もう行くの？」

とタクに呼び止められました。

「今日《きょう》はもういいんだろ？　久し振りなんだからさ、ゆっくりして行かない？」

そのうちに武村先生やGさんも帰って来られてお茶が入ったのでした。そのお二人に私を紹介して下さったのは御子神さんでしたが、中検の他の部屋との交際が広くていろんな噂を耳にする機会の多いGさんの方が私のことをよく知っておられたようです。そのGさんでさえ私とタクとの関係については殆ど耳にされていないようでした。

そうして、半ドンとあって一人また一人と帰って行かれ、三時頃には私とタクと二人っきりになりました。Gさんが出て行かれる時、タクが「僕の名札も裏返しておいて下さいます?」と声を掛けたのを聞きました。

それからしばらくの間、標本作製室ではガラスバットとスライド－キャリアの触れ合う音・椅子を動かす音・高いサンダルの音。換気扇の低い唸りの中に響くそれらの音と共に作業台の傍《かたわ》らを行き来するタクの姿を、私は隣の鏡検室からじっと眺めていました。スライドを満載したキャリアを染色液に浸してタイマーを掛ける。その時間待ちの間、既に染色の終わったバットのキャリアからスライドを濾紙の上へ引っ張り出しては、サッと封入剤を付けたカバーグラスを掛け、ガーゼでサッと拭いてマッペの上へ並べていく。タイマーのベルが鳴ればすぐさま立ち上がり、染色液のバットのキャリアを有機溶媒入りのバットへ移し、軽く上下させては次のバットへまた次のバットへと移していく。そして再び封入に移る。無駄のない流れるような機敏な動作は、見ていて気持ちのいい程見事でした。やがて彼はディスカッションの顕微鏡のカバーを取ると、今封入の終わったマッペから標本を一枚取り出してステージへ。彼が光源のスイッチを入れて接眼レンズを覗き始めたのを見て、私もそっと近付いて行って反対側の接眼レンズを覗き込んだのでした。

――綺麗でした。核の藍色やくすんだ茶色・墨のような黒い色は兎も角、細胞体の水色・やや緑がかった透明な青色・澄んだサーモン－ピンク・くすんだピンク色、そして輝かんばかりのオレンジ色や黄金色。一般では尿沈渣《ちんさ》の単染色を、血液ではライト－ギムザ染色を、細菌ではグラム染色や抗酸菌染色を見慣れて来た私にとって、それは目が痛くなるほど多彩で鮮やかでした。小さなもの・大きいもの・角張ったもの・丸いもの・オタマジャクシみたいに尻尾《しっぽ》を引いたもの・蛇みたいに曲がりくねったもの・繊維みたいに長く伸びたもの・鳥の目や玉葱《たまねぎ》の切り口みたいに見えるもの、などなどサイズや形も実にバラエティに富んでいるのでした。尤も当時の私にはそれらが何であるのかよくわかりませんでしたが。今思えば、それは喀痰の中に多数出て来た角化型扁平上皮癌という種類の癌の細胞だったのです。

気が付けば、タクがにこにこ笑いながら顕微鏡の向こうから私を見ていました。今、彼、白衣の下はタートル－ネックのセーター。季節に合わせて着る物を変えていても、やはりワンパターンの黒一色。それでも少しも不自然な感じがしないのが不思議でした。彼は立ち上がると私の横を通り抜けて鏡検室へ。私はそのまましばしの間、顕微鏡の微動装置と十字動装置とをおぼつかない手で操りながら、丸い視野の下をゆっくりと流れて行く形さまざま色とりどりの細胞に見入っていました。

私が標本をマッペに戻し、顕微鏡の光源のスイッチを切ってカバーを掛け、鏡検室に行ってみるとタクは長椅子で横になっていました。傍《そば》まで行った時、彼は目を半開きにしてじっと私を見ていましたが、やがて口許にふっと笑みを浮かべて、

「どうだった？　パパニコローの染色は。綺麗だろ」

「う…うん。実際に見たの、初めて。あれ、ひょっとして癌細胞？」

「そう、癌細胞。いかにも悪辣な顔した奴等《ら》だよ、あれは。ははは……。あんなふうに癌細胞が一面にバラバラ出ていることもたまにあるけどさ。まあ、有るか無いか先《ま》ず捜してみないことにはね」

「捜すって、一々顕微鏡見ながら？」

「そう。一枚一枚のプレパラートを端から端まで満遍なくさ」

「ふうん。時間がかかるでしょうね」

「いや、婦人科のスメアなら一枚一分か二分だね。スプータ（喀痰）なら二、三分、遅くても五、六分ってところだろ」

「…………」

私はもうそれ以上何も言えませんでした。そんなふうになれるまでどれほどの習練と根気が必要か、またそんなふうになることがどれほど有意義なのか、当時の私にはまだピンと来なかったのです。彼はやはり半開きの目でじっと私を見ていました。その目にはなんとなく見覚えがありました。思わず知らず引き込まれた記憶も……。

その時突然、机の上の電話が鳴りました。私がその方へ行こうとした途端、タクが後ろから私の白衣を摑《つか》んで引き止めたのでした。驚いて振り返ると彼がかぶりを振っていました。電話はしばらく鳴り続けた後、一旦途切れましたがまた再び鳴り出し、それから執拗に鳴り続けました。それでも彼は私を引き止めたまま動こうとしませんでした。電話が鳴り止《や》んだ時、タクはすぐさま立ち上がりました。そしてせわしく動き出したかと思うと、こちらの部屋と隣の部屋と二つある入り口のドアを両方とも内側から施錠し、換気扇やファン－コイルのスイッチをすべて切り、アルミサッシの窓を全部立て切り、蛍光灯を全部消してしまい、そうして長椅子に戻って来たのでした。私は呆気《あっけ》にとられていましたが、すぐにその意味を悟り、彼に同調して長椅子の上に二人して横になったのでした。薄暗い中で息を潜《ひそ》めつつ、気になってそろそろと頭をもたげてテーブル越しにドアの方を見ると、ドアの曇りガラスの向こうにうろうろしている人影一つ。それは女性のようでした。しかも髪の形や派手なエメラルド－グリーンの服の色には確かに見覚えがありました。が、しばらくして諦めたのか納得したのか、その人影は見えなくなっていました。

「ねえ、今の、赤崎さんみたいよ。何か約束でもしていたんじゃないの？」

私が小声でそう言うと、彼も小声で、

「いや、約束なんかしないよ」

「忘れてたってことは？」

「ははは……あるもんか、そんなこと」――

私達は薄暗い中でぴったりと体を合わせたまま横になってじっとしていました。彼が両手を私の鳩尾《みぞおち》の辺《あた》りで組んで後ろから私を抱《だ》き抱《かか》えてくれているのでした。すぐ後ろから耳元に、そして彼のしなやかな肢体から私の背中全体に心地よく伝わって来る静かで温かな息遣い。嬉しくて胸がドキドキ。暖房はとっくに切れていて部屋の空気が大分冷えて来ている筈なのに、この暖かさ。時々彼がふっと漏らして来る笑いに耳元や首筋をくすぐられているうちに、私は次第に大胆な気持ちになってくるのでした。そうしてもはや、怯え恥じらいためらうどころかすっかり彼に安心し切って、彼の手を弄《いじ》ったり背中を更に彼に押し付けたり、片足を彼の両脚の間へ滑り込ませたりして思い切り彼に甘えていました。こんなところを他の人が見たら、多分仰天するに違いありません。

「……ノッコ」

どれくらい時間が経ったでしょうか。彼のけだるそうな声に私は我に返っていました。

「もう帰った方がよくはない?」

そう言われて私は漸く腕時計を覗き見たのでした。廊下からドアの曇りガラスを通して入って来る光に時計を向けて見ると、五時二十分過ぎ。彼がそっと手をほどいてくれて、私は彼から離れ、長椅子から立ち上がりました。窓の外はすっかり暗くなっています。机の上に置いていた教科書やノート・筆入れを取ってタクの方を振り返りましたが、彼はまだ横になったままでした。

「あなたはまだ帰らないの?」

「僕、今夜はこのままここに泊るよ」

「え?」

「なんなら明日《あした》遊びに来ない? 明日《あした》の晩までずっとここにいるからさ。」

「あ……うん。」

彼の温もりを懐かしみながら、独り寒気の漂う廊下へ出た私でした。

(四)

さて、病理での初日。私はその日一日放っておかれたようなものでした。細胞診検査材料の受付・台帳への登録や塗抹《とまつ》・固定などの処理・パパニコロー染色やメイ－ギムザ染色・封入《ふうにゅう》・ラベリング・顕微鏡でのスクリーニングなど、細胞診の一切がタクの手に任され、また、病理組織の切り出しや顕微鏡での組織診断・細胞診の陽性の確定診断は武村先生がなさるのでしたが……。病理組織検査材料の受付や確認・台帳への登録を初めとして、報告用紙の作成など切り出しまでのこまごまとした準備・切り出しの後の水洗からパラフィン包埋《ほうまい》・ブロックの作製・ミクロトームでの薄切《はくせつ》・切片の貼付・伸展、ヘマトキシリン－エオジン染色やその他の特殊染色・封入・ラベリング、そして標本の仕上がり具合の鏡検《きょうけん》・報告用紙との照合・診断済みの標本と報告書の整理まで、病理組織学的技術の殆どが、御子神さんとGさんの見事ともいえるコンビネーション－プレーによって為されているのでした。それだけではありません。時折掛かって来る電話の応対。午後から検体と依頼票を渡しに来られる外来の患者さんとの応対。ときたま診断の確認などにやって来られる臨床の先生方との応対。ゼク（剖検。病理解剖）の依頼があれば武村先生と御子神さんが下に降りて行ってしまわれますし、その間、部屋ではGさんとタクだけが大奮闘。タクがGさんの仕事を手伝う一幕もありました。要領のよくわからない私は、ただその人達の仕事振りをじっと見ていただけなのでした。夕方、外が暗くなった頃、仕事が終わってやっと皆さんが揃われた時、Gさんがお茶を淹《い》れて下さったのでした。長椅子に深々と腰を降ろしてお茶を啜っておられた御子神さんが、私の方を見てにっこり笑われると、

「ここの仕事がどんなもんか、大体わかったやろ」

「はい……。何か、もう、目が回りそうで」

「今日《きょう》は切るのんや染めるのんが多かったからね。」

「おまけにゼクまであったからだわ」

Gさんも後ろから口を挟まれました。

「明日《あした》から手伝《てつど》うてね。」

「はい。」

「僕等《ら》も、もう、ばっちり教えたるからね。まあ、精々頑張って下さい」――

その翌日からずっと、私はアシスタントみたいになってルーチン（日常の仕事）を手伝う傍《かたわ》ら、いろいろと勉強していました。殊に、台帳付け・切り出しまでの準備・組織のH－E染色と細胞のパパニコロー染色・封入・ラベリングは、ちょっとぎこちないながらもすっかり私の仕事になってしまいました。こんなにルーチンの一端を任されるなどということは、これまで実習で回って来た他の部屋では中々なかったことなのです。それだけ私の腕を信用していて下さったのかもしれません。でなければ、私みたいな実習生の猫の手でも借りたいほどの忙しさだった、ということなのでしょう。

が、私がルーチンを手伝うようになると、皆さんの仕事にはやはり自然に余裕が出て来るのでした。余った時間は、御子神さんや武村先生が、標本作製室の廊下側の壁に掛かっている黒板で技術的な事や病理学の基礎的な事に関して講義をして下さいましたし、H－E染色や特殊染色後の鏡検も、時々御子神さんがディスカッション－オキュラーの顕微鏡でいろいろと説明して見せながらやって下さるのでした。タクも時々このディスカッションの顕微鏡で、これは何細胞でどういう時に出て来る、という具合に説明しながらスクリーニングをやって見せてくれました。組織の切り出しの時には武村先生が私のために材料を残しておいて下さって、私はそれで水洗から包埋以後のすべての操作を練習するのでした。そして、この時にも御子神さんが簡単に指示をなさったり、ちょっとしたアドバイスを与えて下さったりしました。晩遅くなるのがしばしばでしたが、皆さん、よく付き合って下さいました。殊にタクは、私より先に帰ったことはまずありません。あんまり遅くなれば駅まで見送ってくれました。朝、タクが私より遅れて来たこともまずありませんでした。

兎に角私は、この病院での実習期間中、この部屋へ来た時に初めて実習というものの本当の厳しさや楽しさを味わえましたし、現場の雰囲気に一番しっくりと溶け込めたのもこの部屋でした。現在のサイトスクリーナー（細胞検査士）としての私の故郷がこの部屋だと言っても過言ではないでしょう。

御子神さんはタクと気が合うらしく、一緒に喋っておられるところを私はよく見掛けました。或るお昼休み、私が食事から鏡検室に戻ってみると、御子神さんがタクを相手にテーブルの上の紙に何か書き込みながらこんなことを喋っておられました。

「……ほんなら、まあ、聞いといてね。今の女子高校生の間で言われてる美人の等級ね。まず、一番上が〈カジン〉でやね、〈佳人〉、と、こう書くねん。佳人薄命とか、よう言うやろ」

「ええ」

「あの〈佳人〉ね。二番目が〈レイジン〉でやね、綺麗な人、とこう書いて〈麗人〉ね。そんでから、三番目になって初めて〈ビジン〉になるんやそうやね。〈美人〉、と。その次がな、〈並上〉（なみじょう）・〈並中〉（なみちゅう）・〈並下〉（なみげ）、とこう続いて、七番目が〈ブス〉やねんて」

「ふうん。」

「八番目がな、」

「はぁ？　まだ下があるんですか」

「うん。あるねやんか、それが。八番目がな、〈異面〉、とこう書いて、これ何て読むと思う？」

「さぁ……」

「〈イヅラ〉って読むねん」

「イヅラ？……」

「うん。一番下の九番目がやね、〈面誤〉、とこう書いて、これまた何て読むと思う？」

「…………？」

「〈ヅラゴ〉って読むねん」

「ヅラゴ？」

タクが笑うと、御子神さんが更に続けられるのでした。

「〈佳人〉〈麗人〉〈美人〉いうのは、まあ大体孤高な人やね。うん、あんまりモテんらしいわ。〈並上〉〈並中〉〈並下〉、この辺がようモテるんやそうやね。それより下のこの辺になってくると、また気の毒なことで、てんで話になれへんらしいし」

「ふうん。」

タクは感心したようにテーブルの上の紙に目をやっていました。

「しかし、なんやね。〈カジン〉とか〈レイジン〉いうのはよう聞くけどやね、〈イヅラ〉とか〈ヅラゴ〉なんてのは初めて聞いたで。」

「それよりね、男子が言ってるんならまだわかりますよ。女性がこんなことを言ってるようじゃ世も末ですね」

「そう言われたら、そうやね」

と、そんな馬鹿みたいな話をしておられたかと思えば、また或るお茶の時間にはしんみりと、

「僕、一時《いっとき》、ここの外科に二ヵ月程入院してたことがあってね。御蔭《おかげ》で検査技師としていろんな患者さんを見る機会に恵まれたわ。ほんまにもう、いろんなんが居《お》ったで。身も心もすっかり元通りに治って、喜び勇んで出て行ってくれはる、そんな患者さんばっかりやあれへんもんな。折角退院したのに、次の日にはもう亡くなってしもたり、そのまま一生を棒に振ってしまいよったり、また病院に逃げて舞い戻って来よったり、治る見込みもあ

れへんでただ死ぬんを待つだけやったり、家族の荷物になるよっていつまでも出して貰われへんかったり、病院の空気に甘えて出て行きたがらなんだり……。植物人間なんか、一番救い様のないイヤな問題やね。そらぁ家族にしたら、たとえ何も出来んでもええから少しでも長いこと生きとって欲しい思うんやろうけど、僕やったら絶対にイヤやね。あんなふうに、生きてるんか死んでるんかどっちかわからんような状態で居《お》るんはね。……かと思うたら、病院とは縁も無いような健康な人でさえ、中には動物みたいにやね、ただ食べて飲んでセックスして寝て生きてるだけ、というようなんも居《い》てるやろ。……そんな人等《ら》をちらっと見るたんびに、僕、今でも、なんかこう虚《むな》しい気持ちになってしまうんやね。……君はまだ若いからどうか知らんけども、そんな気持ちになることはあれへんかな」

するとタクが、

「そう言われてみると、ないこともないですね」

「なんや、やっぱりそうなんか」

「でも、僕、この仕事は当分やめる積りはありませんね。病院というのはね、年齢とか性別とか国籍とか人種とか、能力とか職業とか身分とか社会的地位とか貧富の差とか、そんなものは関係無しに、いろんな人間が集まって来る一番手近な場所でしょう。それだけ、今あなたが言われたように、オブザーバーにとってはいろんな違った人生に触れる機会に恵まれているということですよ」

「うん、そらぁそうや。そやけども……」

「まあ、たまには、一人の人間に焦点を絞って観察を続けるというのも、結構いい暇潰しになっていますがね……。」

そう言って、タクがちらっ……と私の方へ視線を流したのでした。御子神さんもこちらを見られてからまたタクを見て、

「ほう……彼女に興味があるらしいね」

私は恥ずかしくなって席を外してしまったのでした。


その日も午前中の標本作製室ではいつもの通り、御子神さんとGさんが各々のミクロトームの微動装置を迫《せ》り上げる音。メスを引く音。椅子の軋《きし》む音。その横でタクが細胞診材料の処理をしている、その試験管やスピッツグラス・漏斗やピペットやガラスバットの軽く触れ合う音。遠心分離機や換気扇の低い唸り。それに、私が標本を満載したスライドーキャリアをガラスバットの壁に擦り付ける音。それらだけが聞こえていました。私が染色を終わって封入を始めた時のこと。御子神さんが手を休めず背を向けたまま、突然声を掛けて来られたのです。

「松宮君、君の年齢《とし》、訊《き》いてもええかな」

「は…はい、別に、構いませんけど」

「いくつ?」

「二十一になったところです。」

「二十一か。まだまだ若いね。家はどこ?」

「N駅の近くです。」

「ああ。そしたら、寮やないんやね」

「はい、通学です。」

「そうか……。」

そして、

「君、いつも晩遅うまで残って頑張ってるけども、家の人はよう心配しはれへんね。しかも、仕舞には美杉君と二人っきりやろが?」

「え? はい……でも、美杉さんのことは、わたし、一番よく知っている積りですから。大丈夫です。」

あの人は笑われて、

「なんで美杉君に限ってそんなことが言えるねん。彼も男やからね。魔が差すってこともあるやろ。やっぱり、気ィ付けとかんとやね、」

すると、タクが笑ってあの人の方を振り向き、叫ぶように、

「どういう意味ですか、それは」

「あら、送り狼って言葉もあるでしょ？」

Gさんも加わられました。

「ああっ……。ねえ、聞いた？　僕のこと、オオカミだってさ」

タクが訴えるように私の方を見ました。私はくすっと笑ってしまって、

「そんなことないですよ、本当に。彼、優しいんです。昔、わたしが二人の痴漢に襲われた時に助けてくれたこともありますし」

「へぇぇっ、美杉さんってそんなに強いの？」

とGさん。

「ええ。」

「ふうん。人間って見掛けによらないものね」

「伊達《だて》に男やないもん。なあ、美杉君」

と御子神さん。タクはただ、私に向けた背を震わせ、声を殺して笑っているのでした。

そうして遠心分離機のスイッチを切ったのです。皆さん、いろいろと雑談に興じていても仕事の方はちゃんと続けておられるのでした。

まもなく部屋の隅の事務机の上の電話が鳴り、私は席を立ってその方へ。受話器を取って、

「はい、中検病理です」

「あのぉ、こちら東六階ですが、細胞診の結果をお伺いしたいのですが、宜しいでしょうか？」

電話の向こうは先生《ドクター》のようでした。

「はい、細胞診ですね。いつ頃出された検体ですか？」

「先週の土曜日だったと思いますが、ヤマザト・ヨウコさんという人の胸水です」

「はい、しばらくお待ち下さい」

私が受話器を机の上に置き、細胞診の台帳を取って展《ひろ》げた時、すぐ傍《そば》まで来ていたタクが、

「何？　結果の問い合わせ？」

「うん。ヤマザト・ヨウコさんという人の胸水の細胞診の結果ですって」

「ああ、あれか」

タクは頷いたかと思うと台帳も見ずに受話器を取って、

「もしもし。替わりましたが、……あ、いいえ。ヤマザト・ヨウコさん三十七歳の方ですね。……あ、そうですか。ポジティヴ（陽性）でアデノカルシノーマ（腺癌）です。……はい、そうです。……え？　オリジン（原発部位）ですか。さあ……、ちょっと断定し兼ねますね。粘液を持っている細胞がかなり見られますので、多分、ルンゲ（肺）かマーゲン（胃）かオヴァリィ（卵巣）あたりだろうということなんですが。……はい。……はい、

どうも」

電話を切ったタクは「ありがとう」と一声掛けてくれて、元の場所に戻って行ったのでした。私が作業台の前の椅子に戻って封入を始めてまもなく、また電話が鳴り、再び私が席を立とうとした時、

「あっ、ええわ、僕が出るから」

御子神さんがそう言ってすっと席を立たれました。

「はい、中検病理ですが。……はい、……はい、……はい、わかりました。ちょっとお待ち下さい」

そうして、病理組織の台帳を取って展《ひろ》げ、指で探っておられましたが、やがて、

「もしもし。トミシロ・ユキオさん五十二歳の方で、頸部リンパ節でしたね。えぇっと、メタスタティック - アデノカルシノーマ（転移性腺癌）になってますけれども。……はい、そうです。……え？　……ああ、この方の腹水の細胞診ですか。ちょっとお待ち下さいね」

するとタクが振り向いて、

「その人もポジティヴでアデノです」

「えっ、ほんまか」

「ええ。」

「……もしもし。この方の腹水の細胞診ですけれども、ポジティヴでやはりアデノカルシ

ノーマの細胞が出ているそうです。……はい。……はい、どうも。」

御子神さんが電話を切って席に戻り、再び仕事を始められた時、

「トミシロ・ユキオさんって、あの胃癌の人ですか？」

私は声をやや小さくしてそう尋ねました。数日前、台帳に書き込んだ時、依頼票に書かれてあった〈M・K〉の意味をあの人に訊《き》いたので、なんとなく覚えていたのです。

「うん、そうそう」

「多いんだそうですね、胃癌の人って」

「うん。日本人の癌いうたら、男性は胃癌・肺癌で、女性は乳癌と子宮癌が一番多いんやね。ところが、癌で死ぬ、いうのは男女ともにマーゲンクレブス（胃癌）がトップなんよ。発見が遅れるからね。」

「ふうん。」

そこまで話した時、また電話が鳴りました。

「今日《きょう》はよう掛かって来《き》よるなあ、ほんまに」

御子神さんがぶつぶつ言いながらまた立ち上がられました。

「はい、中検病理ですが。……ああ、ちょっと待ってな。美杉君、電話」

「えっ？」

タクは、持っていたゴム‐キャップ付きのピペットを試験管立てのスピッツの中へ立

てると、その方へ。御子神さんから受話器を受け取って、

「もしもし。……ああ。……うん、忙しいけど、何？　……ええっ、今日《きょう》？　……うん、具合が悪い。……いつがいいって、ここ一ヵ月ぐらいは無理だよ。……どうしてって、今実習生が来てるからね。やっぱり付き合ってあげないとさ。……うん。……うん、そう。……いいや、空《あ》いてない。……うん。」

私がそっとタクの方を見ると、彼は眉間に軽く皺《しわ》を寄せて宙を見ていました。

「……うん。……うん、行かない。……」

彼は電話を切ると、ふうっと溜め息をついてまた元の場所に戻ったのでした。

「スカーレットでしょ。この頃《ごろ》毎日のように掛かって来るわよ。あなたがいない時に」

とGさん。タクはそれきり黙って仕事をしていました。

（五）

その晩、私は遅くなりました。ここ数日ミクロトームを使う練習をしていて、やっと要領が分かりかけて来たところ。その日はミクロトームの空《あ》くのが午後遅くなったうえ、今後の染色の実習のために多数の組織切片を切っておかねばならず、多少遅くなっても頑張

る覚悟をしていたのです。

七時過ぎ。既に皆さんは帰られて、やはり私とタクと二人っきりでした。パラフィン包埋した組織片（ブロック）を薄切するメスの切れ味と、ブロックをミクロン単位で迫《せ》り上げる微動装置の精密さ・正確さがミクロトームの生命です。なにせ精密器械なので、ブロックとメスを支え滑走させるミクロトームの本体自体がかなりの重量を持っているのですが、このメスもまた大きく重くて恐ろしく鋭利。そのうえ慣れない私のこと。ちょっと油断して刃に指が触れたと思ったらもう血が溢れ出ていました。これで二度目です。私が思わず出した「あっ」という声に、細胞のメイ－ギムザ染色の封入をしていたタクがすぐにこちらを振り向いたのでした。

「どうしたの？」

「切っちゃった」

「えっ、また？」

彼はそう言って立ち上がるとこちらに近付いて来たのでした。そうして手を洗うと、すぐに手際よく処置をしてくれたのです。彼が私の指に絆創膏《ばんそうこう》を巻き付けようとしていた丁度その時。私は、隣の鏡検室でドアが開いて閉じた音がしたような気がして、ちらっとその方を見ました。途端、私ははっとして体を硬くしました。こちらの部屋を覗き込んだその顔は赤崎さんだったのです。折も折、私が動いたので彼が私の手を握ったところ。絆創膏を巻き付けてくれた後で彼も気付いたらしく、そっと私の手を離すと赤崎さんの方へ視線を向けたのでした。その時の赤崎さんのショックや動揺は如何《いか》程だったでしょうか。タクが一歩二歩とその方へ歩き出した途端、バタバタという靴音と共に部屋を飛び出して行ってしまわれたのでした。

「名札を裏返して貰っていなかったの？」

「うん、頼まなかった」

「忘れてたの？」

「いや」

彼はそれきり黙って仕事の続きを始めていました。

そんなことで、私はもうこれ以上薄切作業を続ける気がなくなりました。後始末をした後、鏡検室の長椅子でぼんやりしていると、やがて仕事を終わったタクが隣の部屋の換気扇やファン－コイルや蛍光灯を切ってこちらに戻って来たのでした。そして、脱いだ白衣を机の上に引っ掛けて私の隣に腰を降ろしたのです。しばらくは顔を見合わせたり声を掛けたりする気になれずにいたのは私もタクも同じでした。

「……ねえ、タク」

私は思い切ってそう声を掛けました。

「ん？」

「赤崎さんのことだけど……」

「…………」

「これから一体どうなるのかしら」

「何も君が気にすることはないよ」

「でも……」

　彼はふうっと一息つくと、

「そりゃあ僕だって彼女を傷付けたくなかったさ。でも、遅かれ早かれ僕は彼女を突き放さなければならない……。甘い夢を抱《いだ》かせていい思いばかりさせておいて、最後に大怪我《おおけが》を負わせてしまったら、もう立ち上がれなくなる——彼女はそんなタイプの女の子なんだ」

「…………」

「いずれ君をも突き放さなければならなくなる時が来るだろうけど、君は……、僕を知っている唯一人《ただひとり》の人間さ。彼女ほどには傷付かなくて済む筈だよ」

「でも、あたしだって……、あなたについて知ってることなんか殆ど無いのよ。おかしなことだけど、本当に」

「おかしくはないさ。君はまだ気が付いていないからね」

「えっ？」

私は彼の顔を見ました。彼は確かにそう言ったのです。私は聞き直そうとしましたが、彼は真顔《まがお》でした。そして黙ってじっと私を見詰めていましたが、やがてふっと笑みを浮かべて、

「昼間、彼女からあんな電話が掛かって来ただろ。だから、今晩辺《あた》り様子を覗きにやって来そうな気がしてね。わざと名札を裏返して貰わなかったんだ」

「そ…それじゃ、あなたは、あの人に見せつける積りで……」

「いや、それは違うよ。もし彼女がやって来たら話し合う積りでいたんだ。ところがさ、君が指を切っただろ、だからあんな事になってしまったのさ。」

「…………」

私が黙っていると、彼は私の肩に手を載せて来て、

「こんな事で君が悩むなんて筋違いだよ」

そう言ってそのあどけない美しい顔を綻《ほころ》ばせたのでした。

——美しい。確かに。まるでこの世のものと思えなくなってくるのでした。その目や唇や髪の毛の端々にきらめく透徹した魂の光。やっぱりそれは彼の心そのままだったのかもしれません。彼が自分で何度か口にしていたように、本当にその背中にうっすらとした翼が生《は》えていても不思議ではなさそう。すんなりした肢体を黒一色で包んだその姿もなんとなく透き通ったように見えて、手を触れて行ったらフッと掻《か》き消えてしまいそう。妖精か

何かの化身じゃないのかしら？　――そんなロマンチックな思いを巡らせていた私ですが、今さっきから私の肩に掛かっている彼の手のいつになくがっしりした感触は、明らかに現実のものでした。彼はそうしたまま、色のいいちんまりした唇に穏やかな笑みを漂わせていましたが、不意に、ちらっと白い歯をのぞかせて睫毛の長いその目を細くしたのでした。この愛くるしさ。私も釣られてくすっと笑ってしまいました。

やがて彼が立ち上がって机の上の白衣を取り、窓を立て切るのを見て、私も帰り支度をして先に部屋から廊下に出ました。部屋の明りがパッと消えるのを見届け、ゆっくりとエレベーターの方に向かって歩き出した時、ドアのバタンと閉まる音・鍵の掛かった音、そして背中に近付いて来る彼の足音……。

それにしても、と私は、さっきのタクの一見矛盾した謎のような言葉を思い出すのでした。私は彼を知っている。でも、私はそのことに気付いていない。――一体どういうことなのだろう？

それから何日か経った或る日。いつものようにパパニコロー染色の封入が一マッペ終わり、また次のキャリアの封入を始めていると、タクがそっとそのマッペを取り上げたのでした。そして標本の仕上がり具合をざっと見ると、そのマッペの中の標本の一枚を取ってディスカッションの顕微鏡で見始めたのでした。接眼レンズを覗き込むなり「わっ」と小さな声をあげた彼に、私も席を立って「何？」と反対側を覗き込んだのです。すると、あるわあるわ、モコモコモコッとした葡萄《ぶどう》の房みたいな細胞の集団がバラバラバラ……。大きさ様々のやや歪《いびつ》な丸っこいそれらの細胞は、不透明な濃紺の核の中に赤い目をギラギラ光らせ、各々好き勝手な方向を向いて入り乱れつつ、水色のレース状の淡い胞体で繋がっているのでした。

「これがアデノ（腺癌）の細胞だよ」

というタクの声。

「ふうん。前に見せてくれたのとは別の種類の癌細胞なのね」

「うん、そうそう」

「ふうん。……」

私がその新たな感激に浸っていた時。傍まで来ておられたGさんが、

「ねえ、この頃《ごろ》スカーレット、元気が無いからさ、どうかしたのってFさんに訊いたの。そしたら、あなた達が一緒にいて仲良くしてるところを彼女が見てしまったらしいんだって」

「それで？」とタク。

「スカーレットでさえ美杉さんに手なんか握って貰ったこともないのに、って。この頃《ごろ》は毎晩のように二人揃って遅くまで残って、一体何をしているやら、とか。Fさん達、そん

な話で持ち切りよ」

「ふうん。」

「嘘じゃないでしょう。現に僕等《ら》の目の前で彼女が飛び出して行きましたから」

ケロッとしているタクにGさんは呆れ顔。そこへ彼が更に、

「大体ね、僕等《ら》二人の関係は、幼馴染みとか友達とか恋人同士とか、そういう俗な言葉で言い表せるものじゃありませんのでね」

「じゃ、どういう関係？」

「それは僕等だけのヒ・ミ・ツ」

「…………」

Gさんは首を傾《かし》げながら、悪戯《いたずら》っぽい笑みを浮かべるタクから離れて窓際のミクロトームの方へ。そこにおられた御子神さんもこちらを見て笑っておられました。

そんな具合で、Gさんや御子神さん自身、人と人との仲を穿鑿《せんさく》したり揶揄《やゆ》したり嫉妬したり憎悪したりするような人ではありませんでしたし、タクも噂など笑って聞き流し、今までと全く変わらない態度。私も私で努めて平気を装っていたものの、なんとなく落ち着かないのでした。

二月十四日のバレンタイン－デーの事でした。お昼休み、食事を終えて部屋に戻り、標本作製室でゆっくりと細胞診の標本を鏡検していると、隣の部屋に誰かが戻って来た気配。

「あの……、今日《きょう》は外《ほか》でもないわ。仲直りしたいと思って……」

と、これは赤崎さんの声。

「仲直り？　喧嘩したわけでもないのにどうして？」

ちょっと笑ってそう言ったのはタクの声でした。

「そ…それじゃ、あの時のこと、なんとも思ってないの？」

「思うって、どんなふうに？」

「あたしが、電話もしないで、勝手にこのお部屋に入ったりしたから……」

「だから？」

「気まずい思いをしてるんじゃないかな、と思って……。」

「別に、なんとも思ってないよ、僕は」

「本当？　あたし、あなたのこと誤解してたのよ。あれ、本当は、松宮さんの傷の手当をしてたんですって？」

「うん。」

「そう。ただそれだけなのね。よかった」

そうして、ややあって、

「ねえ、これからもお付き合いして下さる？」

「いいよ。他のみんなと同じでよかったら」

「え…ええっ？　どういうことなの、それ」

「どういうことって、そういうことだよ」

「…………」

「例えばね、結婚を前提にして特別に付き合って欲しいって言うんなら、別だってこと」

「……どうして？」

「どうしてって……」

「ねえ、どうして？」

「…………」

「……そう…そうなの……。やっぱり、松宮さんのこと、好きなのね？」

「ノッコが？」

「ノッコ…って、松宮さんのこと？　松宮さんとは、もうそんなに深い仲だったの？」

私が顔を上げて隣室の方を見た時、長椅子に腰を降ろし、表情を硬くしてじっと相手の方を見上げているタクの姿が見えました。

「じゃあ、松宮さんと一緒になる積りでいるのね？　あたしがどんなにあなたのことを思ってもダメなのね？」

「そうじゃないんだ。僕は誰が相手であろうと結婚という形で縛られるわけにはいかないのさ。彼女もそれを承知の上で付き合ってくれているんだ」

ここからは見えませんでしたが、赤崎さんの悲痛な表情がありありと目に浮かんで来るようでした。

「……そうだったの……あなたってそんな人だったのね。もっとマシな人だと思ってたのに……プレイボーイもいいところじゃないの！」

聞いて、私は思わず彼の顔を見ましたが、彼の表情は動きませんでした。しばらくの間沈黙が続いていましたが、やがて赤崎さんがバタバタと足を踏み鳴らしながら出て行かれた様子。私が元の場所を離れてそっと鏡検室を覗いた時。ふうっと大きく一息つき、椅子に深々ともたれていた彼でしたが、ふと気が付いたらしく、私の方を見るとくすっと笑って立ち上がったのでした。そしてちょっと手招きして、自分の机の一番下の大きい引き出しを開《あ》けて見せてくれたのです。途端、私は「わぁっ」と声を出してしまいました。四角いのやら丸いのやらハート型のやら、大きめなのやら小さいのやら、リボンやシール・カードや小さな花などをあしらった色とりどりの包みが二、三十個ばかり引き出しの中一杯にゴロゴロしていたからです。

「すごい」

「どうしよう。一つ五百円ぐらいで売りに出そうか。ははは」

「いいじゃないの、独りでゆっくり味わったら。中にはチョコじゃないのもあるかもしれないし。……でも、赤崎さんからは貰えなかったわね」

「……うん。」

タクは一番大きな包みを取り出して開《あ》けてくれました。タクに対する確固とした安心感と、満足と。そして赤崎さんに対するぼんやりした罪悪感と、不安と。摘《つま》んだチョコレートの甘さとほろ苦さはそのまま私の気持ちだったかもしれません。

そんなことはさておき、私の実習の方はなんとか順調に進んでいました。

H-Eの紫紺と桃色。ワン-ギーソンの黄色と赤。アザン-マロリーの群青《ぐんじょう》と濃紅色。PASのマゼンダと青藍色。アルシアン-ブルーの空色と淡紅色。鍍銀の紫黒色。ズダンのオレンジがかった赤。……パパニコロー染色は勿論でしたが、これら組織の染色の美しさにも私は次第に魅《ひ》かれて行くのでした。無色透明なミクロのキャンバスに、仕上がりがどうなるやらわからない〈塗り絵〉を施しているようなものです。臨床的意義や測定法の理論云々、後はデータの数字の処理に終わるだけだった生化学系での実習よりも、遙かに興味深いものでした。細胞診にしても、細胞の大きさや厚さ・形や色を見分けたり、細胞の出方やバック-グラウンド（背景）の様子などから或る病変を想定したりする、細かく鋭い感覚が要求される点で、芸術に通じるところがあると思うのです。

また、こんな事もありました。昼食から鏡検室に戻って来てまもなく、隣の部屋に移り、入り口のドアを開《あ》けた時。廊下の長椅子で外来の患者さんが一人、膣《ちつ》スメアの検体と依頼票を持って来て待っておられました。和装の五十そこそこの女の人でしたが、その患者さんは御子神さんにその検体と依頼票を手渡された後、

「あの……先生、結果はここで訊けばいいのでしょうか？」

と尋ねられたのでした。

「いいえ、一週間ぐらいしてから、婦人科の方で担当の先生に訊いて下さい。」

「はぁ、そうですか。……それじゃ、宜しくお願いします。」

「はい、どうも。お大事に」

患者さんは丁寧に会釈して帰って行かれました。その後ろ姿を見送った後、

「今の人、御子神さんのこと、〈先生〉ですって」

私がそう言うと、あの人はちょっと笑われて、

「そうやんか。病院で白衣着てる人いうたら、医者か看護婦ぐらいにしか思うてはれへんねやわ、大抵の患者さんは。我々検査技師としては寂しい限りやね」

そうでした。薬漬け・検査漬け、と批判される今日の医療ですが、医学が自然科学を基礎にして成り立っている以上、薬や検査抜きでは現代の医療が一日も成り立たないのが現実です。薬の方は兎も角として、私達検査技師から見ても、こんな検査が何故必要なのだ

ろう、とか、この検査の意味がよくわかっているのだろうか、と思うことがよくあります。ただ健保点数を稼ぐためとか、データ処理だけのためにやっているのでは、と疑いたくなることもあります。良いにしろ悪いにしろ、検査の需要が有る限り私達は存在するのです。しかし、（生理機能検査は例外ですが、）検査室に引き籠《こ》もって、患者さんの診察ならぬ、患者さんから切り離された検体（検査材料）の検査に専従する私達は、患者さんとの接触が殆ど無く、この御子神さんの言葉通り、大抵縁の下の力持ちで終わることになります。

　サイトスクリーナーになった時、私は進んでこの縁の下の力持ちに徹しようと決心しました。患者さんの目に見えない所で患者さんの運命を左右する。癌細胞を追跡する私達は特にそうです。看護婦さんが白衣の天使なら、私達は差し詰め、白衣の妖精といったところでしょうか。

（六）

　やがて三月に入って実習も終わり、病院の就職試験・臨床検査技師国家試験・技師学校の卒業式、といろいろ忙しい日々が過ぎて行きました。病院に就職することが決まった時、私はやはり病理の部屋で仕事を手伝っていました。嬉しかったものの、まだどこのポジションに配属されるかわからず、不安で一杯でした。

そうして私に訪れて来たのは、およそ想像もしなかった試練の日々でした。この日々があったからこそ、今、私は、細胞診の上でどんなに苦しい事でも乗り越えられるのです。

実習時代にタクに強く刺激されて細胞診に興味が傾いていた私は、タクのいる病理・細胞診検査室への勤務を切望していました。が、即戦力を求める人事の壁は厚く、結局私が勤務を命じられた所は、中央臨床検査部とは離れた場所にある災害外科の緊急検査室でした。ここなら検体数は少ないだろうから、好きな細胞診の勉強ができるだろう、というのが検査部長さんの御心遣いだったようです。しかし、どうしてどうして。年間を通じて、検査件数は確かに中検の他の部屋に比べると大したことはないのです。が、この災害外科という所に入って来る患者さんは、交通事故などで重傷を負ったり火事などで大火傷《おおやけど》をしたり、ガス自殺などで一酸化炭素中毒になったり、ノドに異物を詰めたり劇毒物を呑《の》んだり、一時的に心臓が止まったり大出血などでショックを起こしたり、水に溺れて死にかけたりした、所謂《いわゆる》救急を要する危ない患者さんばかりなのです。患者さんは大抵救急車で運び込まれて来ます。そして早速《さっそく》行なうのが血液ガスの検査。動脈血を採って、その酸素や二酸化炭素の濃度・酸塩基平衡を測り、患者さんの呼吸や代謝の状態を知るのです。その結果によって、医師は、その患者さんが自然呼吸でも大丈夫か酸素吸入すべきか、レスピレーター（人工呼吸装置）にかけるべきか高圧酸素室に送るべきか、それとももう何をしても助かる見込みが無いか、等を判断するのです。またこの時同時に計るヘマトクリット（血球容積比）により輸血が必要がどうかも判断し、そのために血液型の検査も頼まれます。これで患者さんの生命が左右されるのですから責任重大です。しかし、最も重要なこの血液ガス分析計が時代遅れのボロときて、正しい計測をするための保守——数時間毎の標準ガス・標準液によるキャリブレーション（較正）や、一ヵ月毎の電極膜交換など——に一苦労。故障や破損事故などにも何度も悩まされました。他にも、血清や尿の浸透圧——これによって輸液の必要の有無を知る——を測る機械や血液中の一酸化炭素の濃度を測る機械もあり、共に準備や保守に一仕事かかるのです。何時《いつ》こういう患者さんが飛び込んで来るかわからないのですから気が気でなく、それも一度に一人や二人とは限りません。こうして入って来た外来の患者さんは即入院となり、災害外科の大病室に移されます。それらの患者さんのために、止血・検血・血液化学など、そう数が多くはないのですが、ルーチンとしてそのようなこまごまとした検査も別に行なわなければなりません。それをやっている間にも、くだんの急患のための緊急検査が突然入り込んで来る。検査の仕事が無い時でも、ピペット類の洗浄・試薬の調製・機械類のチェックや調整や精度管理・成績書の整理・試薬や器具などの購入請求などなど、やる事はいくらでも出て来ます。忙しい時にはあれもこれもと手に余る仕事を抱え、独りでパニック状態に陥って右往左往する始末。夜間や休日は、当直の医師が可能な限りのそれらの検査をなさるのですが、なにしろ専門外。しかも大学病院のこととあって研修医の先生も多いときます。夜間や休日に急患があった翌朝の、検査室のあの散らかり様。その始末にまた一仕事、おまけに患者さんが一人増えたということは、私の仕事も増える、ということ。……

まだ慣れない所為《せい》でもあったでしょうが、そんな具合でいつまで経っても仕事の要領を得ない。一刻も安心して検査室を離れられないので昼食もろくに取れない日も多く、休暇を取るのもままならぬどころかうっかり病気にもなれず、私は次第にノイローゼ気味になって行きました。救急車のサイレンがあれほどイヤな音に聞こえたことが、今思えば本当にバカみたいなのです。体重も当初より七、八キロほど減ったでしょうか。時たま、タクが心配して仕事中にわざわざ様子を見に来てくれましたし、帰りが遅くなれば一緒に帰って見送ってくれましたが、それだけが当時のあそこでの私の唯一の慰めになりました。しかし救いにはなりませんでした。医師や看護婦さんばかりか検査技師の私も、そして患者さんの家族までがバタバタする、あの急患来院時の緊迫した空気。それにはタクも余程驚いたらしく、初めて私の検査室にやって来た時にはしばらく声も出ない様子でした。アルバイトとはいえ、何にも煩わされることなく、その黄金の眼で確実に自分の仕事を果たして行き、そしてそのうえに尚、こうして私の部屋へやって来られる余裕のある彼――当時の私には羨ましい限りでした。全く、その頃の病院での私は、責任感と気力だけで持っていたようなものです。

「よかったね、元気になって」
母親と一緒にいた、背中に火傷《やけど》を負って入院していた三つぐらいの女の子に、そんな言葉をかけてあげられた優しい気持ち。しかし、いずれこの子からも採血しなければならないのだ、というような嫌な責任感に押しやられて、そんな優しい気持ちは次第に擦り切れて行くばかり。自分には他人に対する思い遣りやら優しさやら愛情なんか無くなってしまっているのではないかしら。何かの拍子にふとそう思い、無理に優しさを作ろうとする、この虚《むな》しさ。サイトスクリーナーになった今も、私が悩まされている後遺症です。

こんな毎日の中で、私は、情熱も意欲も向かない仕事に努力を傾けなければならない遣り切れなさを「銀猫」にぶつけるのでした。丁度自棄酒《やけざけ》でもあおる気分で。しかし、こういう時に書いたものに限って、自分で満足できる作品は殆ど無かったようです。

挽　歌

時間を〈時刻〉というものに、
空間を〈場所〉というものに、
価値を〈値段〉というものに、

秩序を〈規律〉というものに置き換えたその日から、
貴方達の不幸と不自由は始まった。

人口と貧困。
便利さと危険性。
進化の能力と適応の無力。
進歩のスピードと破滅へのスピード。
貴方達にとって具合の悪いことに、
これらはみんな紙一枚の表・裏。
しかも、ギリシア神話や史記・バイブル・仏陀、
古事記やアラビアンナイトの昔から、
貴方達のする事は何時《いつ》見ても同じ。

今。
〈重大なる一転機〉を自ら叫ぶ貴方達のその姿も、
ああ、なんという惨めで滑稽な！

白い喪服を着けたこの私に今できるのは、
まだ息のある貴方達を弔うことだけ……。

◎　◎

無題

昭和元禄の浅き夢の上に眠れる若者達よ、
目を覚ませ！
籠《かご》の中で車を回している二十日鼠《マウス》みたいに
不条理の中で循環しているこの現実を、
そして
この現実に目を塞いでのうのうと日々を送っている自分を、
もっと怒れ！
憤れ！
年寄り達の、　大人達の発言を、
もはやこれ以上許しておいてはならない。

さもなくばおまえ達の時代はただ遠のくばかりだ。
見るがいい。
彼等は自らの手で造り上げて来た偶像の呪縛にあがき始めている。
今こそ彼等の夢の正体を暴く時だ。
今こそ彼等の驕りを挫く時だ。

◎　◎

怨　歌

広島平和記念公園原爆慰霊碑の前にて

安らかに眠って下さい
過ちは　繰返しませぬから　——
この言葉の前に立って黙禱を捧げていた私の耳に聞こえて来た、
あの地底よりの響き。

それは、
平和への祈りと呼ぶには余りにも悲しく厳しい返事でした。

これは、その怨念の歌。——

眠らずに恨み続けます……
貴方達が犯したのは過ちなどではない。

眠らずに叫び続けます……
貴方達は私達の悲劇を風化させようとしている。
もし三度《みたび》、同じ事が繰り返されたなら。
今度こそ。

貴方達の口からは、
〈過ち〉だなどとは言わせません……。

そんな憂き世を一歩離れたテレビ界や映画界では、ロマンチックなファンタジー・魔法・妖怪変化物から、怪獣・変身物、ミステリー・SF・超能力・オカルトを経て、リアリスティックなパニック・恐怖物、スリラー・サスペンス・推理物へ。漫画界でも、所謂《いわゆる》勧善懲悪物・冒険物・根性物・恋愛物を主軸としてそういった一連の流行を見ましたが、最近はアクション・ナンセンス・ギャグなどが目立つようです。

私は、別《わ》けても魔法とか超能力物に興味を持ちました。極《ごく》当たり前の知識を持ち、極当たり前の世界で極当たり前の生活を正々堂々とやっている人には、そんなものは邪道としか片付けられないでしょう。しかし、SFの中で文明やメカニックで以《もっ》て武装した人物が活躍するのと違い、魔法とか超能力はそれ自体人物本来の力であり、強さや美しさ・優しさや才能などと同様に属性であるのです。例えば、空を飛ぶのに我々人間は飛行機などを使わなければならないのに、鳥は自分の翼で自由に飛べる、丁度それと同じ関係です。そこに私は非常な魅力を感じるのでした。それはまた、思うに任せない自分の日常に対する不満や逃避願望の現れだったのでしょうか。そして私は更に、その魔法や超能力を支えている裏の存在・〈霊〉にも興味を持ち始めていました。物質科学万能の現代でも、所謂《いわゆる》無神論的・唯物論的科学だけでは割り切れない、常識を超越したこうした何かがあるということは、私も幼い頃《ごろ》の経験から薄々知っていました。その経験とは外でもない、あの〈火の鳥〉との出遇い。この頃は、タクのあの永遠の甘いマスクとうっすらとした翼を浮き上がらせたあの黒い姿が、どういうわけか頭の中でその〈火の鳥〉の明るく輝くイメージと重なり合い、我ながらはっとするのです。

が、――その日その日の検体数に一喜一憂し、さして器用でもないその手を血液や尿で汚し、機械類に振り回され、救急車のサイレンにびくびくし……――現実の世界に戻れば、私を待っているのは逃れ様のない日常の煩わしさでした。

（七）

或る冬の日の夕方の事。月に一度の血液ガス分析計の電極膜交換の日。ことという時に急患が来たり雑用でバタバタして時間が無くなったり、何やかやでもう一週間ぐらい延び延びになっていました。今日こそはと思うのですが、これを始めれば後数十分間は測定不能の状態になるのです。医師《ドクター》にはその旨を断っておいたものの、急患が来ないかどうかが心配な中での決行でした。

この血液ガス分析計の大体の構造は、確か、こうでした。セ氏三十七度の温水がモーターで常時灌流されている恒温槽の中に、組み込まれている電極が三つ。それぞれ、ペーハー（水素イオン濃度指数）測定用、酸素分圧測定用、二酸化炭素分圧測定用でした。その各々と直結した、血液注入用のキュベットが三つ。患者さんから採血した注射筒からこれらのキュベットへ血液を注入した後、スイッチの切り換えでこれらの三つの値のいずれかが指針の指す目盛りで表示される仕組みになっていました。そして、後の計算に必要なヘマトクリットと併せて、これらすべてを測定するのに最低二ミリリットルの血液を要する、当時としてはかなり旧型のものでした。

電極膜交換を要するのは酸素分圧及び二酸化炭素分圧測定用の電極でした。片方は旨くいったものの、もう一方が中々旨くいかず、電極を差し込んではスイッチを合わせ、状態が悪くて外して入れ直し……、これを何度も繰り返しているうち、遂に大変な事に——。恒温槽の水の中でキュベットの先端が注入口から外れてしまったのです。外からではどうにも手が付けられません。私は止《や》む無く、止めてはならないモーターを止めて恒温槽から水を抜き、ネジで留められている恒温槽の横をわざわざ開《あ》けて、中のキュベットを元に戻しました。さてそれから、ネジを締めて元通りに直した恒温槽に温水を満たし、モーターのスイッチを入れて温度がセ氏三十七度に落ち着くのをイライラしながら待ち、電極膜のチェック。それからそれから、標準液や標準ガスによるキャリブレーションの繰り返し。——実際、この間に急患は来ず、不思議なくらいに平穏な時間が過ぎて行きました。私にとっては何時《いっ》破れるかわからない恐怖の平穏でした。

その時でした。

「まだやってるの?! もう十時だよ」

その声にびっくりして後ろを見ると、タクが呆れたような表情で（当然！）、戸口の外に立っていました。が、

「う…うん、……もう少し、もう少し、……この針が落ち着いてから」

私はその場を動けませんでした。すると彼が入って来て、

「一体、どうしたのさ？」

「ちょっと故障しちゃって……直すのも手間取っちゃったし、……今、様子を見てるの」

「明日《あした》やるわけにはいかないんだね」

「うん、ダメ。この機械だけは、ちゃんと測れるようにしておかないと」

「わかった。待っててあげるよ」

彼は椅子を引き寄せて来るとそれに腰を降ろし、私の斜め後ろからじっと見守ってくれていました。やっと終わって帰り支度を始めた時、

「ねえ、あんまり顔色が良くないけど大丈夫？ 晩御飯食べた？」

彼がそう尋ねて来ましたが、私は「ううん」と返事をするしかありませんでした。

「今から帰ったら十一時だろ。今夜はいっそ、僕の家に来て泊ったら？」

「えっ？」

私はびっくりしました。

「狭苦しいしお風呂も無いけど、食事や寝床ぐらいならなんとかしてあげるよ」

「でも……」

「家には、遅いから友達の家に泊めて貰うって電話すればいいんだしさ」

「あ……うん……」

連日の仕事疲れが重なったうえの、今晩のこの失敗。自己弁護する積りはありませんが、彼の好意に甘えようとする方へ私の気持ちがずるずると傾いて行ったのも無理からぬことだったかもしれません。


冷たい乾いた風が通り過ぎて行く外は月の無い暗い夜。病院からそう遠くない、長屋や文化住宅や寮などの並ぶやや古い住宅街の一角、S荘という簡易アパートの一室。そこがタクの仮の住まいでした。部屋は六畳一間。押し入れと流しが有るだけで、炊事場やトイレは共同。外から見れば正《まさ》にウサギ小屋。でも、窓には厚いレースのカーテンを掛け、床には草色の絨毯を敷き詰め、部屋の真ん中にはちょこんとアクリル製の洒落《しゃれ》た小さなテーブル。隅には新しい机と椅子が一対。男の子の部屋にしては小綺麗に纏まっていました。テレビやラジオが無いのは頷けましたが、真冬だというのにストーブも炬燵《こたつ》も無いのです。勿論空調設備など有る筈もなく、それでいてタクの部屋は不思議なくらいに暖かでした。

私は、彼が外で作って持って来てくれた熱い雑炊をゆっくりと平らげ、洗面も終えると、彼が用意してくれた寝床に潜り込んでじっと気持ちを落ち着けていました。が、やがて部屋の蛍光灯がパッと消され、豆電球の光だけの暗い中でセーターだけを脱ぎ、上半身アンダーシャツ一枚になって枕許に立った彼に、私ははっとしていました。彼がそのまま屈《かが》み込んで布団を持ち上げ、同じ寝床に入ろうとしたので、私はさすがに慌てて、

「タ…タク、一緒に、寝るの？」

「うん、そうだよ。イヤ？」

「イヤじゃないけど……」

「ははは……じゃ、どうして」

私の返す言葉が無くなった時、彼はくすっと笑って布団の中に潜り込んで来たのでした。そして、肘枕をして薄目を開《あ》けてこちらを見ている彼に胸をドキドキさせながら、私はしばらくの間、彼の快い温もりが布団の中に拡がって来るのを感じていました。そうこうしているうちに、先の彼に対する不安はすっかり消え失せて、彼にもっと甘えたくなって来たのです。

「ねえ、タク」

「ん？」

「こうしていると、昔のこと、思い出すわね」

「昔のこと、か……」

「うん。二人っきりで、森の中を、野原を、小鳥みたいに走り回ったものね。夜は夜で、こうやって一緒に寝て、いろんなお話してくれて……。あの頃は楽しかった」

「じゃ、今は？」

「今？　今なんか、……朝起きて、顔を洗って、着替えて出掛けて、仕事仕事で追い回されて、家に帰って、食べて飲んで、トイレに行って、寝て、……そんなことの繰り返しだもんね。結局、それが人生なんだから仕方がないけど……。でも、このままじゃ、余りにも夢が無くって虚《むな》しくて……」

「勉強の方は進んでるの？」

「病理学だけは、どうにか。……でも、この頃《ごろ》は、家に帰っても、中々その方に気が向かなくって……。つい、ぼんやりテレビを見たり、ノートを展《ひろ》げたりして時間を潰しちゃう」

「そのくらい精神的に疲れるってわけだね。あと二ヵ月か……。ねえ。もし、もう一年でも二年でも、今のポジションにいなければいけないって言われたら、どうする？」

「そ…そんな……」

甘かった。そんな事態になることだけは考えたくなかったのに。タクはそれきり黙って真顔でじっと私の顔色を窺っていました。

「あたし、……もう、イヤ……辞《や》めたい」

追い詰められ、ついふっとそんな言葉が出てしまって、私は遣り切れない気持ちで彼に背中を向けてしまったのでした。しばらくして、

「ねえ、そんなに細胞診やりたい？」

と、彼が声を掛けて来たのでした。

「うん……。緊急検査なんて、一つ間違えたり遅れたりしたら、患者さんの命に関《かか》わるのよ。それを、……まだ訳のわからないうちに、いきなり独りで行かされて、慣れないうちから責任持たされて……」

「患者さんの命に関わるのは細胞診も同じじゃないか。癌細胞を見落としたり見誤ったりしたら、それこそ患者さんの命取りさ。そっちだったら、データがおかしければやり直しや取り直しが利《き》くだろうけど、こっちは、結果がおかしいかどうかもわからないんだよ。ダブル－チェックなんかやってられないから、見落としたりしたらそれっきり。余程慎重にやらないと取り返しがつかないんだから。そうだろ？」

「でも、やり甲斐はあるんでしょ？　細胞診やっててよかった、って思うことだってあるんでしょ？」

「うん、そりゃあ、……でも、君だって、患者さんの命が助かりさえすれば、それに越したやり甲斐は無いんじゃないの？」

タクのその言葉に私ははっとしていました。が、

「ううん、あたしなんか、……あそこへ行ってから今まで、そんな気持ちを味わう余裕なんてこれっぽちも無かったものね。もう半年、……あと三ヵ月の辛抱だ……って、自分に言い聞かせながら、やっとここまでやって来たもの。」

「………」

後ろで彼は黙っていました。

私も、もうそれ以上何も言う気がなくなりました。自分自身を一つの悲劇のヒロインに仕立て上げ、苦しみを訴えて彼の同情を得ようとしていた自分に気付き、恥ずかしくなったのです。以前の自分はこうではなかった。〈仙人の杖〉に身を寄せて悠々自適、〈風の瞳〉を見開いて鋭気と夢想の内に生きていた、あの時の自分は、何故《なぜ》、何処《どこ》へ行ってしまったのだろう？　いつかのタクの話ではないけれど、あの時の自分はニセモノで、今の自分がホンモノなのかしら？　……いや、もし、環境――職業はその最たるものの一つ――が人間を変えてしまうのだとしたら、この〈自分自身〉の儚《はかな》さはどうだ。

その時でした。タクが私の背後からそっと体を寄せて来ると、

「……ノッコ。今日《きょう》はもう寝よう。疲れてるんだろ」

目を閉じた後も様々な思惑が脳裏を飛び交い、私はじっとしていられなくなるのでした。それでも、背中から彼のしなやかな片腕や胸に抱えられているうち、首筋に降り懸かって来る彼の静かな寝息に誘われるように、私もいつしか眠りに落ちていました。

一体、緊急検査って何でしょう？　患者さんの生命を救うため・応急処置のために、是非早急に結果を出さなければならない検査ですって？　それなら、二十四時間体制でやるのが本当でしょ。勿論、一人の技師がぶっ通し、ってのはないから、八時間ずつの三交代制で。急患は昼間だけに入って来るわけじゃないのだから。検査項目も、必要最小限のもの、それも簡単ですぐに結果の出せるものに留《とど》めるべきだし、緊急検査でないルーチンの検査はなるべく控えるか、中検の方へ回すべきだ。設備ももっと改善して欲しい。また、患者数や検体数に応じて技師の人数を増減できるようにもするべきだ。でなければ、本当の意味での緊急検査ができなくなってしまうではないか。医師《ドクター》の方もお忙しいでしょうが、緊急検査の意義や有用性、それと患者さんの臨床状態との関連についてもっとよく説明して欲しい。このままでは、いくらその重要性が強調されても、緊急検査なんか煩わしくて嫌なもの、という印象しか残らなくなってしまう。……

　自分の仕事に対してそんな不満を抱いたまま、更に半月余り。いや、実際には、自分の能力不足を棚に上げていたに過ぎなかったのです。能力不足は自他共に認めるとして、それならそれで何か考えて下さってもいいではないか……と、今度は甘えが顔を出す。

　この三月いっぱいで、君の非常勤としての採用契約期間が切れるが、今後どうするか早く決めておくように、との部長さんの言。再契約したら、また今のポジションに居て貰うことになろう。中検の他の部屋には、今の君が勤められるような所は無い。病理の定員が一人増えるが、細胞検査士の有資格者でなければ入れられない。……一言一言、悉《ことごと》く、耳に痛く響きました。

私は勿論、もう二度とあそこへ行く気はありませんでした。さりとて、今ここを辞《や》めたら、細胞診への道も完全に閉ざされてしまうでしょう。一体、どうすればいい？……それほどにまで細胞診が勉強したいのなら、顕微鏡が置いてあるということだから、病理から標本を借りるなりして、一日に少しずつでも観《み》て行ってはどうか。一年も勤めれば仕事の要領などもわかって来ているのだから、それぐらいの余裕は出て来る筈だ、とはまた部長さんの言。ああ、やっぱり、現場の状況を知らない人の言葉だな、と私は思いました。私は軽率でした。あの機械の故障で夜の十時過ぎまで残業しなければならなかった日のことがまだ頭にあって、感情的になっていたのでしょう。もし、もう一年でもまたあそこに居なければならないことになったら、もう辞めます、と仮の（自分では仮の積りで）返事をしてしまったものの、さて、それからどうすればいいのだろう？　とまた思い悩む始末。

或る日、部屋にやって来たタクに、私は苦しい胸中を切々と訴えたのでした。

「……それで、君の両親は何て言ってるの？」

「ううん、……両親にはまだ相談してないわ」

「どうして?! こういう時相談に乗って貰うんだったら、先《ま》ず身近な人でないとさ」

「だから……あたしの身近な人って、あなた以外にはいないもの」

「あ……ふふ……気の毒だけど、僕は何もしてあげられないよ。君よりも下っ端のバイトに過ぎないんだから。それに、結局は君自身の問題だからね。そりゃあ、ここのシステムがおかしいのは確かだけど」

「……そうね」

それきり黙って呆然としていた私。迂闊にも私は、部長さんに辞めると言った仮返事のことをこの時もう忘れていましたし、タクにも話さなかったのでした。

「これ、お願いします」という医師《ドクター》の声にハッとして、採決したばかりの温かい注射筒を手渡され、ふと振り向いた時。タクはまだ戸口に立って心配そうにこちらを見ていました。

病理検査室の他の皆さんも、私のことをいろいろと心配していて下さったようです。が、――やっぱりもう一年でもあそこで頑張ってみてはどうか。その間に病理や細胞診の勉強がしたいというのであれば、テキストや標本を貸し出すなり、仕事の終わった後も部屋を開《あ》けておいていろいろ教えるなり、勉強会やセミナーや学会などの情報を提供するなりして、我々もできるだけ協力してあげるから。どちらにせよ決心は早い方がいい、とのこと。

私は胸が熱くなりました。が、ただ独りタクだけが、何も言わずにやや離れた所からじっと私を見ていました。あの憂いを含んだ憐れむような目で。

更にぐずぐずと昏迷の日々を過ごした後。三月も下旬になって私は漸く、もう一年でもここで頑張ってみようと決心がついたのでした。このまま辞めてしまっては、私を推薦して下さった病理の人達や先輩達にも、私を信用して下さった部長さんにも申し訳ない。それに、今辞めたとて後何処《どこ》に行く当ても無し。私の細胞診の勉強に病理の人達が協力して下さるのなら……。そんな訳で、私は久し振りになんとなく晴れ晴れした気持ちになって仕事をしていたのです。ところが、その昼過ぎ。

「もしもし、ノッコ。ここを辞めることになったたって本当？」

と、タクからの電話。かなり上ずった声でした。私はすぐには意味がわからず、

「えっ？　辞めるって誰が？」

「誰がって、君がさ」

「ええっ、あ…あたしが……？」

寝耳に水。折も折、生化学のUさんがひょっこりやって来られて、あなたがここを辞めることになったから、仕事の引き継ぎに行くように言われて来た、とのこと。私は仕事もそこそこに中検の方へ飛んで行って事の真偽を確かめたのですが、果たして間違いなどではありませんでした。来月以降の中検での私の籍は無くなっていました。私がいつまでも煮え切らずにいるうちに、部長さんに辞めますと仮返事をしていたその通りに人事が動い

てしまっていたのです。あんまりではないか、何故《なぜ》もっと早くもう一度でも私の意向を確かめるなりして下さらなかったのだろう、と悔しいやらうろたえるやら。しかし今更言い訳もできず、私はすごすごと引き下がる以外になかったのでした。――自分が悪かったんだ。何もかも自分の所為《せい》なんだ。文句など言えた義理じゃない。……

「アホなことしよったな、ホンマに。そやから言うたやろが。残るか出て行くんか早《はよ》うはっきり決めとけよ、て。……ほんで、これからどないする積りやねん。今時分から他の就職先捜したかって、もうどこの病院も採用を終わった後《あと》やろが。時期が悪いで」

病理の御子神さんからそう叱られ。

「どうしてもう一、二年の辛抱ができなかったの？　このまま居《い》れば国家公務員になれたのに」

細菌に居《お》られる先輩のMさんからもそう叱られ。ふらふらと災害外科の検査室に戻ってみると、タクがやって来ていてUさんと話をしていた様子。こちらをちらっと見たタクがUさんに、今日は何だかこのまま帰って下さるようにと言ってくれて、Uさんは頷いて首を傾げながら出て行かれました。

タクは黙っていました。こんなことになってしまった私には、今更どんな言葉も戒めにも慰めにも励ましにもならないのを、彼はよく知ってくれていたのです。私は机に向かって力無く座り、呆然としていました。医師《ドクター》が注射筒に採取した血液を持って来ておられるのに気が付いたのは、タクに袖を引っ張られてからでした。いくら意気消沈していても悲嘆に暮れていても、自分の仕事がどうしても好きになれなくてさえ、責任だけは果たさなければなりません。裁量の利《き》かない突発の連続の中へ孤立無援で放り込まれた不自由さを、一番強く感じるのはそういう時でした。

私はこれから何処へ行けばいい？　両親には何と言えばいい？　私の細胞診への夢はどうなる？　私が検査技師として生きて行くには細胞診以外にはない――そう思い詰めていたのに……それも駄目だっていうのなら……。

その日の帰りがけ、タクがまた私の部屋にやって来て、黙ってじっとこちらを見ていました。そして大分経って後。

「ノッコ。速水《はやみ》先生からの止《とど》めの御言葉だよ。頭のいい優秀な子だったのに残念極まる。ここで勤まらなければ他の何処《どこ》へ行っても駄目だ、って。」

速水先生とは部長さんのことでした。私は悔し涙をじっと堪えながら、

「あたし、本当は、検査技師には向いてなかったのよね。この道を進んで来たのが間違ってたんだわ。……でも、あたしは、もう、検査技師としてしか生きて行けない……」

すると彼が、

「そうだろうね。才能に乏しい君がやっと見付けて歩いて来た道なんだから」

「才能に…乏しいって？……」

「そうさ。他人の役に立って世の中を渡って行くだけの才能にね。そんな才能に恵まれた人間ならゴマンといるよ。でも僕は、そんな人間にはあんまり興味ないんだ」

そして私の肩に手を掛けると、

「僕は今まで度々《たびたび》ここへ様子を見に来ているけど、ここでの君の仕事はまるで人生の縮図だね。そう、芥川龍之介が地獄よりも地獄的だって言ってた『人生』のさ。君は、その地獄の苦しみを一年間味わって耐え抜いたんだ。もうこれ以上、君独りが苦しまなければならないことはない……。解放されたこの機会に、もう一度ゆっくり自分を見詰め直してみることだね……」

（八）

それから数日。今後の身の振り方をどうするか全く見当がつかないまま、私は仕事の引き継ぎを終えました。約束された将来を棒に振ってしまったということで両親にもしたたか叱られました。が、細胞診を自分の一生の仕事にしたいという夢は、次第に積極的な悲願となって固まって行ったのです。

最後の日。私は午後から中検の各部屋を別れの挨拶に回っていました。その後部長室に

立ち寄り、辞令を受け取って出たところでタクに出会ったのでした。彼はちょっとの間黙っていましたが、やがて、

「いよいよ終わりだね。また遊びにでもおいでよ。待ってるからさ」

「う…うん……」

彼が私の前から立ち去ろうとした時。私は咄嗟に思い付いて彼を引き止めていました。

「ねえ、タク。あたし、病理の部屋へ行ったら駄目かな」

「え…ええっ？」

「あたし、明日《あした》から自由なんでしょ。だったら、病理へ行ってもいいんじゃない。お給料なんか要らないし、あたしに出来る仕事なら何でもするから。ただ、細胞診を勉強させて貰えればそれでいいの。だから、ね、」

「……ふ…ふふ……やっぱりそうか。そう来るんじゃないかと思った。僕は構わないよ。だけど、速水先生や病理の人達が何て言われるか……、それにね、……人の口に戸は立たないっていうよ。中検のみんなから白い目で見られるし、爪弾《つまはじ》きされるしさ」

「覚悟はしてる。あそこに居た時のことに比べたら、そんなのどうってことないわ！」

追い詰められた私は必死でした。決して甘えなどという生易しく軽々しい気持ちではなかったのです。

「……わかった。負けたよ」

タクはにっこり笑って部長室に入って行ったのでした。

それからかなりの間、彼はその部屋から出て来ませんでした。私のことで部長さんと話をしてくれているのに違いありません。でも、あの部長さんが、アルバイトに過ぎない彼の頼みをすんなりと受け入れて下さるかしら。もし、どうしても駄目だって言われたらどうしよう。たとえ許して貰えたとしても、私達、変な目で見られるだろうな。さっきは彼にあんな強がりを言ってしまったけれど。どっちに転んでも、私にとって良い状態ではないんだわ。彼にも迷惑かけてしまうし。ああ……。外で彼を待つ私の頭の中をそんな思いが駆け巡るのでした。

そのうちに彼が出て来て、ノブを後ろ手に持ち、ドアにもたれるような格好でじっと立っていました。眉間に軽く皺《しわ》を寄せ、目は宙を見ていました。やっぱり……。私が肩を落としていると、彼がドアから離れて私の前を通り抜け様《ざま》に私の袖を引っ張って、

「さ、行こ、ノッコ」

「行くって、どこへ……？」

「病理。」

「ええっ、それじゃ……」

彼は立ち止まって私の方を振り返り、

「他に行く所が無ければ仕方がないって。勝手にそちらで好きなようにしてくれってさ。

但し、給料は出ないよ。それでもいいんだろ?」

「あ……!」

彼がまたにっこり笑って、私は驚喜の内に彼に随《つ》いて行ったのでした。

その日の晩の事。私が更衣室に入った時、ずらり並んだロッカーの向こう、部屋の奥の隅の方で三、四人の話し声。いつものあの物見高いFさんやBさんの他に、部長室で秘書をしているEさんも加わっておられたようです。

「……ところで、ねえ、知ってる? あの松宮さんがね、病理の部屋へ行くことになったんだって」

私のロッカーは出入り口のすぐ傍《そば》。着替えようとしていた私の耳に突然そんな話が飛び込んで来て、私は聞き耳を立てたのでした。

「ええっ、それ、本当?」

「彼女、辞めて行くんじゃなかったの?」

「美杉さんの弟子にして貰ったんだって。Gさんがそう言ってらしたわよ。」

「わぁっ、羨ましいっ」

「そんなのないわよ。ねえ、どうして速水先生が松宮さんにそんなことを許可なさったの?」

「美杉さんに脅迫されたとか言ってらしたわ」

「ええっ？　美杉さんが、脅迫……？」

「うん、……そうなんよ。あたし、その時そこにいたから知ってるけどね。松宮さんが辞めて行く今日《きょう》という日になって、美杉さんが速水先生に直々《じきじき》に頼みに来たのよさ。彼女を病理の部屋でアルバイトに使ってやって欲しいって」

「ええっ」

「そんなの無茶よ。いくらなんでも」

「先生は勿論、思い上がりも甚《はなは》だしいって突《つ》っ撥《ぱ》ねられたんだけど、そしたら美杉さん、今度はさ、それが叶わないんだったら、せめて病理で勉強だけでもやらせてあげられないか、って」

「美杉さん、どうかしてるんじゃないの」

「そうよ。先生が、それも駄目だって仰《おっしゃ》ったんだけど、そしたらさ、彼ね、彼女が何故《なぜ》ここを辞めるのか、ここを辞めてからどうする積りでいるか、知ろうとしなかったそちらには何も手落ちが無かったのか、なんて言うんだから」

「ナヌッ？」

「どうして、本人が辞めたいって言って辞めた後の面倒まで見なきゃならないのよ？」

「そうよ」

「でしょ？　当然、先生はそう仰ったわけ。そしたら、彼、――『そちらが面倒見られないからこそね、彼女がこうして、自分からやらせて下さいって僕に頼みに来てるんですし、今となっては、彼女はもう何処《どこ》へ行こうと自由なんだから、いいんじゃないですか』、だって。」

「ええっ……」

「彼、随分彼女の肩を持つのね」

「そう、それ。彼女一人だけにそんなことをさせるのは、中検全体のバランスからしても、公平・平等の精神からしても好《よ》くないって。先生が。」

「そりゃあそうよね。みんながみんな、自分の好きな所へ行ってるんじゃないもの。」

「彼女だけ特別扱いは出来ないわよねえ」

「そう。そしたらね、彼、あッたま切れるのよさ。――『僕が今、アルバイトとしてでも細胞診だけをやっているのは、何よりも先《ま》ず、細胞診という仕事が好きだからです。サイトスクリーナーの資格が有るというだけで、好きな所へ行って好きな事をしている僕だって、中検全体のバランスを崩しているし、公平・平等の精神にも背いているのだから、当然僕も辞めて行かなければならなくなりますね』、だって。」

「はあ？」

「美杉さんが、そんなこと言ったの？」

「彼は別格でしょ。そういう資格が有るんだし、彼にしか任せられない仕事だもの。ねえ」

「うん、先生もそう仰って、なんとか抑えようとなさってたけど、駄目だったみたいよ。『……兎に角、彼女がこのままここから放り出されるのなら、僕も今日《きょう》限りで辞めさせて戴きます』だって。きっぱりと」

「あ……」

「正《まさ》しく、脅迫ね。」

「うん。それも、筋金入りよ。」

「美杉さんらしいわね。さすが」

「感心してる場合じゃないでしょ」

「これは……、美杉さんと松宮さんとの間に何かあったのよ、きっと」

「そうね。そうとしか考えられない」

着替え終わっていた私は、そこまで聞いて居たたまれずにそそくさと部屋を出たのでした。今まで成り行きを見守っていたあのタクが、土壇場で遂に開き直って牙を剥《む》いた。それればかりか、彼は私と心中しようとしている。こんな私の我《わ》が儘《まま》のために。私は彼に済まない気持ちで胸がじぃんと熱くなって来るのを感じながら、――（誰に何と言われてもいい。個人的にも社会的にも自分を活《い》かせる道はこれしかないのだと信じた、この道を進んで行こう。それが、彼に対して今の私が尽くすことの出来るせめてもの礼儀なのだ。）

――そう思ったのでした。

その翌日から勝手に病理検査室に移った私は、誰に言われるともなく、自分で出来る仕事を見付けては手伝ってあげていたのです。その仕事というのは、殆ど実習時代にさせられていた台帳付け・成績書用紙の作成・組織の切り出しの準備・標本や報告書の整理などの雑用。勿論、検査技師として一人前の仕事ではありません。そのうえ給料は無し。それだから、いつまでも学生気分でいる、などと先輩達にけなされる。早く次の就職先を捜すなり結婚の準備でもするなりせよと両親から小言を言われる。それに、覚悟していた通り、タクとのことで中検のみんな――特に女性の人達から変な目で見られ、いろいろ陰口を言われる。中検の更衣室からは締め出される。病院から白衣の洗濯は断られる。初めの頃は散々でした。

しかし、私は決して無駄に時を過ごしていたのではありません。例えば台帳付けの時、私は辞書や医学書を常に傍《かたわ》らに置いて、病名・臓器名・材料名・判定・診断などはなるべく英語で書くようにしていましたし、わからないところは調べて単語帳で自分専用の辞書を作ったりもしました。医師《ドクター》からの電話での問い合わせに進んで出るようにもしました。また後には、武村先生から病理組織診断の結果を、タクからは細胞診の結果を、それぞれ台帳に記録するのを任せられましたが、これもまた全部英語。御蔭で私は今、医学英語には殆ど不自由していません。ちょっと慣れて来ると、細胞のパパニコロー染色やメイーギムザ染色・封入・ラベリング、そして遂には、細胞診の結果を左右する最初のポイントであるところの生《なま》の検体の処理までも、タクが無言の内に私に任せるようになったのでした。これはそのまま、スクリーニングと並ぶもう一つのサイトスクリーナーとしての重要な仕事、標本の作製の技術を習得することになりました。

こうして、私が漸く顕微鏡を覗けるようになるのは午後遅く、お茶の時間が終わってから。この、顕微鏡で標本を見て癌細胞とおぼしき怪しい細胞を捜す、所謂《いわゆる》スクリーニングが、サイトスクリーナーの本来の仕事です。（しかし、サイトスクリーナーの資格が無くてもこの仕事の出来る、またこの仕事をしている技師の人は数多くいますが。）これはやはり経験の積み重ね、習うより慣れよ、です。テキストやアトラス（図説）を熟読しながら、一日に一枚でも二枚でもなるべく多くの標本を観《み》て行くようにしました。そうして覚《おぼ》束無《つかな》いながらも見付けた異常な細胞にペンで目印のインク点を打ち、自分なりに把握した細胞所見と判定・診断をノートに書いておく。すると翌日、タクがもう一度同じ標本を観《み》て私のノートを添削してくれるのでした。これが所謂《いわゆる》ダブルーチェック。見落としがあれば容赦なく何度でも観《み》させられました。また、昼間にタクが観《み》て出て来た典型的な例や珍しい例、スクリーニングや判定の難しい例、異型細胞数の少ない例などは必ずといっていいほど私のためにと残してあり、そのたった一件のために一時間や二時間が潰れることもしばしば。平日は晩の七時頃まで、土曜日の午後は無論のこと、日曜日も終日、暇を惜しんで顕微鏡に向かっているほどの熱の入れ様でした。

実習時代と同じく、暇を見てはテキストやアトラス・スライドや黒板・ディスカッションの顕微鏡などで教えるべきことはきちんと教えてくれたタクも、私には必要なこと以外は余り喋りませんでした。一緒に食事に行ったりお茶を喫《の》みに行ったりすることもなく、昼休みになれば決まって独りでどこかへ姿を消してしまい、再び仕事の時間になるとふいと戻って来るという具合。晩遅くまで残っている私の熱意には引き込まれるのか、付き合って一緒に帰ってくれましたが、日曜日にまで出て来るのは稀。（これは私の方がおかしかったのだから……。）兎に角、人命に関《かか》わる事なのでいい加減な教え方をする訳にいかず、そのうえ馴れ合いや甘えなどの入り込む隙《すき》にも警戒しなければならず、で、私に対して相当気を遣っていたようです。私は終始、頭の下がる思いでした。

斯《か》くして、自分の判定とタクの判定が合った・合わなかった、標本一枚観《み》るのに何分かかった・かからなかった、と一喜一憂しつつ、細胞診の自分のクライテリア（判定基準）を確立するのに粉骨砕身すること半年余り。

（九）

その間にもいろんな事がありました。

私が病理へ行ってまもない頃。或るお昼休み、昼食を終えて食堂を出た私は、「松宮さん」と声を掛けられたのでした。立ち止まって振り向くと、そこに立っていたのはなんと赤崎さんだったのです。長いこと会わないうちにちょっとやつれたかな、と思ったものの、その栗色の乙女《おとめ》刈りの髪と薄紅《うすくれない》の頬と燃えるようにキラキラと輝く目は変わっていませんでした。

「ちょっと来て下さる？　お話がしたいから」

「えっ？」

「あんまり長くはかからないわ。それとも、おイヤ？」

「いいえ、そんな……」

「じゃあ」

「はい……」

ああ、この神経をピリピリさせるような雰囲気も相変わらずだな……そう思いながら私は赤崎さんに随《つ》いて行きました。診療棟から病棟への渡り廊下へ来て、エレベーターの傍《そば》

の長椅子に二人して腰掛けるや、

「あなた、病理のお部屋に行ったんですってね。」

「ええ」

「それは、あなたがあの人に頼んだわけ？」

「あの人って……」

「決まってるでしょ、美杉さんよ」

「え…ええ、……そうですけど」

「そう……」

そして、ふっと一息つかれて、

「いいわねえ、あなたは。あの人とは幼馴染みだから、いくらでも甘えられるものね。」

そうして、今度はズバリ、

「やっぱり、あの人のこと、好きだったから？　あの人と一緒に居たくてたまらなかったから？」

「いいえ、そんな……わたしはただ、細胞診の勉強がしたかっただけです。」

「本当にそれだけ？」

「本当です！」

あんまりといえばあんまりな。腹が立ちましたが、それ以上反駁《はんばく》できるほどの自信は私にはありませんでした。

「アナリーゼ（白血球分類）も満足に出来ないあなたに、細胞診なんか無理なのじゃないかしら」

そんなことまで指摘されたのでは、もうどうしようもありません。私が黙っていると、

「まあ、いいわ。それよりね、……あなたとあの人、どこまで関係が進んでいるか知らないけど、……あなたも、あの人には気を付けていた方がよくてよ。付き合っている人、五人や十人じゃないらしいから。あなたはずっと災害外科の方に居たから知らないでしょうけどね、……わたしも、何度もあの人に声を掛けられて抱かれたわ。わたしが嫌がっても無理矢理よ」

私の動揺を余所《よそ》に、あの人は更に続けられるのでした。

「今度はあなたが、あの人に一番近付くのだから、身を持ち崩さないように、精々《せいぜい》よぉく見張っていてあげることね。あなたも、悪い病気を移されたりしないように養生なさいな」

あの人が勝ち誇ったように笑みを浮かべ、背を向けてそこから立ち去られた後も、私はじっとしていました。まさか?! あのタクが。ううん、これはきっと、あの人の嫉妬心から出た苦し紛《まぎ》れの嫌味《いやみ》なんだわ。それとも、こうすることで、彼への思慕を自ら振り切ろうとして、あの葡萄《ぶどう》は酸《す》っぱいのだと自分に言い聞かせているのでは？ 男の純情と浮気、

女の一途《いちず》な愛と嫉妬――ううん、やめた。メロドラマじゃあるまいし。そう思いつつ病理の部屋へ戻ったものの、かなりのショックでした。

やがて時間が来て、タクが部屋に戻って来ましたが、当然いつもと変わらない様子。彼に声を掛けたい衝動をじっと抑え、仕事を始めた彼の後ろ姿を見詰めながら、――(もう、これ以上、彼に気を回すのは止《や》めたい。たとえ彼が、本当に赤崎さんが言われた通りの人間で、私にとって唯の異性に過ぎず、彼にとっても私が並み居る遊び友達の一人に過ぎなかったとしても、……彼を疑ったり責めたりする資格なんか、私には毛頭無いのだから……。)――そう思いました。そして努めて忘れようとしましたが、苦しい胸中でした。

また或る日の事。いつものように染色が終わり、作業台の前に座って封入をしていると、私の先輩である血液のYさんが、ギムザ染色標本を一枚持って来られたのでした。私の方を一瞥《いちべつ》して部屋の中を見回され、更に隣室を覗かれて、

「おーい、美杉君。忙しいところを悪いけど、例のヤツ持って来たからちょっと観《み》てくれるかな」

そしてちょっとの間、ディスカッションの顕微鏡でその標本をタクと二人で観《み》ておられましたが、やがてYさんが顔を上げられて、

「どうだ？　これは」

タクが顕微鏡を覗きながら頷いて、

「ええ、これは間違いないでしょうね」

そうしてタクは、私の方を見るとにこっと笑って手招きしたのでした。私がその方へ行って接眼レンズを覗き込むと、くすんだピンクに染まった丸い赤血球の群れの中に、その二、三倍程の直径のちょっと大きめな丸い細胞が三個。ぴったりくっついて繋がって、まるで串刺しの団子のよう。その青灰藍色のレース状の乏しい細胞質、丸く膨らんだ濃い赤紫色の大きな核と、その中に薄青く抜けた一、二個の大きい歪《いびつ》な核小体……、何もかも、それらの細胞が明らかに異常なものであることを示していました。

「わぁっ、これ、材料は何？　血液？」

「うん。ブルート（血液）のストリッヒ（薄層塗抹標本）だって。」

「そんなものからこんなのが出て来るなんて、もう手遅れじゃん」

「うん、そう。」

「ふうん。かわいそう……」

その血液標本の端にはガラス鉛筆で「ツジカワ　ハルミ」とありました。私が尚もその細胞をじっと観《み》ていると、Yさんがこちらを横目で見ながらタクに小さな声で、

「どうだい、彼女。なんとかモノになりそうか？」

すると、タクがちょっと笑って、

「ええ、心配することはありませんよ。もう、手足の生《は》えたコンピューターさながらでね……こっちが引き込まれてるんです。」

「へぇぇっ……」

Yさんは首を傾《かし》げてこちらを見ておられました。またしばらくして、タクがその標本をステージから外《はず》し、それを手渡されたYさんが、

「それじゃ、間違いないね」

「ええ、多分。このブルートはまだ残ってますか？」

「うん、有る有る」

「じゃ、少し分けて戴けます？　旨く行くかどうかわかりませんけれど、パパニコローとPAS《パス》とで確認してみますので」

「ああ、よっしゃ、残りを全部持って来るから頼む」

Yさんが出て行かれて、また仕事を始めた時。私はふっと思い出して、

「ねえ、ツジカワ・ハルミさんて、一週間前にマンマクレブス（乳癌）の組織が来てた人でしょ」

「えっ、さっきのストリッヒ？」

とタクが隣の鏡検室に行きかけた足を止めました。

「うん」

「そうか、組織が来てたのか。それで、結果は？」

「えぇと、確か、スキルス（硬癌）だったと思うけど」

「スキルスか。なるほどね。一番よくあるやつか。予後も悪いときてるし。あぁあ、まだ四十二歳なのに」

　タクが鏡検室へ行ってまもなく、仕事をしておられる御子神さんやGさんや武村先生の目を気にしながら、しばし手の空《あ》いた私も隣の部屋へ。行ってみると彼は顕微鏡に向かって座り、スクリーニングを始めていました。私も彼の隣にそっと座ったのですが、——じっと瞬き一つせずに接眼レンズを覗き込む鷹のそれのように鋭い目と、きっと結んだ口許、顕微鏡を操るそのきびきびした手の動き——その頃にはスクリーナーとして大方出来上がっていた私も、その迫力にすっかり圧倒されて何を喋ろうとしていたのか忘れていました。程無く私のノートを見て頷き、報告書に判定を書き込んだ彼は、ノートの私の判定の右側に丸印。次の標本を取りながら私の方をちらっと見て、ステージに標本を載せるとまた接眼レンズを覗き込み、ぽつりと、

「どうしたの。何か言いたそう」

　私ははっとして、

「あ…あの……ね、タク」

「ん？」

「構わない？」

「うん、いいよ」

「わたしたち、しょっちゅうあんな患者さんを扱ってるんでしょ。なんだか心配なのよね」

「何が？」

「わたしたち検査技師って、ともすればね、仕事の能率とかテクニックの開発とか、病気についての学問的な方面ばかりに力を入れ勝《が》ちでしょう。本当の相手は患者さんなんだっていうことを忘れ勝《が》ちになってて。こうしてるうちに、だんだん馴れて来るというか、……癌もそうだけど、そういういろんな病気とか生命とか死というものに対して、怖いって思う感覚が、だんだんマヒして行ってるような気がするの。」

「ふうん……」

「そのうちにね、患者さんが可哀相《かわいそう》だなとか大変だなって思い遣る気持ちとか、患者さんの生命を握ってるんだから真剣に取り組まなければばっていう責任感まで、なんだか希薄になって来てるような気がして……。この頃《ごろ》なんか、患者さんのために働いてるのか、医者や病院のためなのか、学問とかのためなのか何かよくわからなくなっちゃって……。自分は一体今何をやってるんだろう、って悩んでるんだけど」

「なるほど……」

「医者や看護婦さんじゃないんだし、患者さんの気持ちや身の上まで一々気に掛けてたら、こんな仕事なんかやってられないって思っても、やっぱり何か割り切れないのよね」

それは、災害外科に居た時から纏《まつ》わり付いて離れない自分自身の〈冷たさ〉への抵抗であり、虚《むな》しい試みでした。そうしている間にも彼のスクリーニングは続き、二枚目から三枚目の標本へと移っていました。彼が手を動かしながら、

「大丈夫だよ。そんなふうに心配して悩んでいるうちはね。それを忘れないようにしなきゃ……」

そして突然、「あ!」と手を止めてじっと接眼レンズを見詰めていたかと思うと、私の方を見てくすっと笑い、また覗き込んで顕微鏡のレボルバーを回したのでした。

「どうしたの? ひょっとして……」

「そう。見落とし。久し振りだね」

「ええっ、そんなそんな……」

「三枚べったり引いてて、一枚だけに出てた。残念でした」

「もうっ……」

「あっはは」

タクは笑いながらその一件分の標本を全部、依頼書と一緒に傍《かたわ》らへ放り出して、

「今の君には、見落としが無いかどうか、こっちの心配の方が先だろ」

「そうね。あぁあ」

その標本を見下ろしながら、何十日振りかの溜め息をついた私でした。

仕事の上のこととはいえ、こんなふうに彼と心を通わせることができるのは、やはり病院での私の一番の慰めでした。そしてそのたびに彼の方から吹き付けて来る一陣の涼風は、私の周囲を飛び交《か》っては耳に突き刺さる様々な雑音を、悉《ことごと》く吹き払って飛ばして行ってくれるのでした。

十月に入った、或る晴れた日の昼休み。私は久し振りに屋上へ出てみようと思い、エレベーターに乗っていました。出てみると雲一つ無い吸い込まれそうな素晴らしい青空。さんさんと降り注ぐ日の光は既に秋の柔らかさでした。金網の向こうは色褪せ始めた緑が散在する灰色の街並み、それを二つに分かつ銀色に光る川の流れ。その消え行く先は遠くに連なる黒々とした山並み。耳を澄ませばゴウゴウという街のざわめきがかすかに聞こえて来ます。折からの微風に乗って遠くの電車の警笛も聞こえて来ました。

日の光をまともに浴びながら私はふと、「太陽の下に新しき事無し」という外国の諺《ことわざ》を思い出していました。私達にとって新しい事は勿論、まだまだ未知の事をも、何十億年もの昔からあなたはずっと見続けて来ているのね。そしてこれからもずっと、いつかは燃え尽きてしまうでしょう、その日まで……。それればかりじゃない。愛されても憎み嫌われても、敬われても無視されても、無心に、ただひたすらに何かを見詰め、何かに働き掛け、何かを与え続け、――そんなあなたから見たら、あたしなんか一体何なんだろ。明けても暮れてもちっぽけな自分のことにこだわり、他から求め、受け取り、奪う一方だったのじゃないかしら。

　煩わしい眼の前の現実から一歩離れて想像の世界に遊び、想念の空間を漂った後、現実に舞い戻っては憂鬱になったり自己嫌悪に陥ったり……。「風の瞳」以来の私の一つの癖でした。

　そうして何気なく視線を右の方に流して私はびっくりしました。いつのまにやって来ていたのか、タクが金網にもたれて腕組みし、じっとこちらを見て立っているのでした。思えばお昼休みに彼と二人っきりなんて何ヵ月振りかしら。などと考えながら私がちょっとためらっているうちに、彼の方からゆっくりと歩み寄って来たのです。途中、彼も足を止めてしばらく空の太陽を見上げていましたが、少しも眩《まぶ》しくないのか、眉間《みけん》に皺《しわ》一つ寄せず目も大きく見開いたままでした。前髪の翳《かげ》りにその澄んだ金茶色の目がきらりと輝いた時。彼は再び私の方を見ていました。

　私と肩を並べた後も彼は無言で金網に手を掛けてじっと灰色の街並みを眺めているのでした。やがて私の方を見て口許に静かな笑みを浮かべ、

「ねえ、今さっきまで何を思ってたか当ててみようか。」

「えっ？」

出し抜けに何を言い出すのかと思っていたら、

「お天道《てんとう》さまが眩《まぶ》しくてしようがなかったんだろ。」

わぁっ、失礼ね、と思った途端、

「ただ眩しがってるだけ？　自分もあんなふうになろうとは思わない？」

「………！」

彼の優しい表情や何気なさそうな様子とは裏腹に、彼の発したその言葉の意味深さは私の返事を失わせるのに十分でした。私がためらっていると、彼は白い歯をちらって見せてあどけなく笑い、

「太陽の崇拝っていうのは、あながち、人間の無知から来る原始的な習慣だと言って笑えるものじゃないね。いくら科学が発達したからって、太陽から多大な恩恵を蒙《こうむ》っている実情は今もそれほど変わっていないんだから。……ギリシアのヘリオス、ローマのソル、エジプトのラー、バビロニアのマルドゥク、インドのスーリア、ペルシアのミトラ、日本の天照大神《あまてらすおおみかみ》、……そしてインカでも太陽は神様そのものだったし、アメリカインディアンやアイヌなど、日の神を最高神として祭った人々の数は少なくない。ゾロアスター教のアフラ＝マズダも、華厳《けごん》の毘盧遮那仏《びるしゃなぶつ》や密教の大日如来《だいにちにょらい》もそこから生まれた……。」

そこまで話した彼は再び金網の向こうへ視線を向けていました。私の方はもう殆ど忘れ

ているというのに、懐かしい神々や仏の名前が次々に彼の口から出て、私はしばし感心しているのでしたが、――

「なまじ驕り高ぶったばかりに、取り返しのつかない代物《しろもの》に脅かされるなんて……。昔の人々のように、もっと賢く素直に生きていれば良かったものを……」

そう言って金網の向こうの街並みをじっと見る彼の、あの憂いを含んだ憐れむような眼差し。何度見ても彼のその表情は初めて見る時のように鮮烈で、それまでの明るい雰囲気を一掃してしまう程に凜としているのでした。その表情といい今の言葉といい、あなたはそうやっていつも何を憂えているの？　何をどんなふうに憐れんでいるの？　その意味を今こそ知りたい。私はそっと彼に擦り寄って「タク……」と声を掛けたものの、やはりその後の言葉が出なかったのでした。

やがて彼がはっとしたように私の方を振り向いて、一瞬戸惑いの色を見せたかと思うと、ちょっと笑って、

「ごめんね。勝手な話ばかりして、不愉快な思いをさせて」

「えっ？　…ううん、そんな……」

私はただただ畏れ入るのみ。「……まあ、そんな話はさておいて、」と彼は金網から手を離し、私の方へ向き直って、

「来月の学会、どうする？」

「学会？」

「そう、細胞学会。Ｈ（市）でね。君も行くんだったらホテルを予約しておこうと思って」

「あ…あたしも、一緒に？」

「うん、そう。」

「行ってもいいの？」

「うん、いいよ。」

「本当に？」

「本当。」

彼はにこにこ笑っていました。私はそれでもちょっと遠慮してみる――

「でも、あたしなんかが行ったって何もわからないと思うし……」

「そんなことないさ、君はもうズブの素人《しろうと》じゃないんだから。それにね、」

と彼は一息ついて、

「サイトスクリーナーになってしまう前に、同業者達がプライドと引き換えに普段被《こうむ》っている抑圧を、如何《いか》にしてこのお祭り騒ぎで紛らわしているか、よぉく見ておくのも悪くない……ふふふ」

「あ……」

私は彼に誘われたのを素直に嬉しく思いながら、たった今の彼の言葉が耳に引っ掛かったのでした。と、彼がふいとその場を離れてゆっくりと屋内への入り口に向かって歩き出す。はっとして腕時計を覗くと一時五分前。私は慌てて、しかし胸をわくわくさせながら彼に随《つ》いて行きました。

（十）

そうして待ちに待ったその日。十一月の上旬、朝・晩が肌寒い季節でした。

早朝のＮ駅、まだ人影の疎《まば》らな薄暗いプラットフォーム。その中程のベンチでタクはやはり先に来て待っていました。私はブラウスとスラックス、ベストの上にジャケットを羽織り、大小二つの荷物なのに、彼は薄手のハイネックのセーター、パンタロンの上にジャケットと例によって全身黒一色、荷物は茶色の革製の平たいショルダーバッグ一つ。私が驚いて「荷物、たったそれだけ？」と言っても、彼は無邪気に笑って私を見上げているだけでした。

実は、ここまで漕ぎ着けるにもまた一頻り波風が立ったのでした。タクが私と二人で学会へ行く旨を御子神さんに申し出た時、あの人は笑って「なんや、婚前旅行も兼ねてか」

などと言って彼を冷やかしておられました。それを聞いておられたGさんから忽ち話が中検の他の部屋へと拡がった次第。私はもううんざりでした。

「いいんじゃないの、言うだけ言わせておいたら。今更君らしくもない……。なんなら開き直ってさ、噂どおり、そのまま帰って来ずにいてやろうじゃないか。いざとなったら翼の限りどこへでも行けるんだから」

と彼に言われて漸く元気を取り戻していた私。

会場のあるH市まで新幹線を介して三時間半。そこは金木犀《きんもくせい》の匂う広々とした城下町でした。今でこそ改まっていますが、当時は毎春毎秋細胞学会の大会のある日といえば必ず木曜・金曜の二日間に決まっていました。行きたくても仕事で行けない人もいるだろうになぜ土曜・日曜や祝日にやらないのか、と道中彼に尋ねたら、いわく、

「そこがお祭り騒ぎなんだ。後の土曜・日曜をその地方でゆっくり遊んで過ごそうっていうのさ。それにいつも一日目か二日目の晩はパーティーと来てる。それでいて、会員には学会へ出席するのを半ば義務付けてるんだから、おかしな話だよ」

会場にて。会場費を支払って参加章を受け取ったのはいいとして、それを着けていなければ場内に入れて貰えない物々しさにびっくり。大ホールでの講演やシンポジウム、各小会場での写真による示説展示やパネル－ディスカッション、スライドによる部門別の演題発表などなど、どこも熱心に見聞きする人々の姿で賑わっていました。何もかも初めて

の私はずっとタクの足の向かう所へ随《つ》いて行くしかありませんでした。

「すごいわね。毎年毎年この位の規模で、いろいろと新しいことの発表なんかがあるんでしょ。」

「うん。大して収穫はないけど」

「あら、どうして？」

「どうしてって、ここで覚えたことが実際にルーチンの中で役に立てられなければなんにもならないだろ。」

「ああ、そうか……」

「収穫っていうのはそういうことだよ」

そうして私達が最後に足を踏み入れた地階の広い一室。そこには顕微鏡が十数台備えられており、既に何人もの人がそれぞれの顕微鏡の前に並んで順番待ちしていました。特定の出題者から供出された標本を鏡検し、その細胞所見から考えられる病変を解答として用紙に書いて投票する。そして大会の最後に発表される正解と照らし合わせ、解答の統計を取って、判定の為の要点や鑑別点などいろいろと意見を交換し合う。これが所謂《いわゆる》スライドカンファレンス。スクリーナーの人達にとっては大会の花でした。同じ部屋の向こう側では出題標本の細胞像のスライド投影もやっていて、そこもかなりの人の群れ。その中に、終始一つ所にじっと立ち尽くして画面に見入っているタクの姿もありました。二時間余りもかかってやっと鏡検を全部終え、気が付くともうそこにはタクの姿はありませんでした。慌てて部屋の外へ出た時、廊下の椅子で、見知らぬちょっと痩せた金縁眼鏡の初老の紳士と親しそうに話をしているタクの姿が目に止まり、私はほっとしていました。やがてその紳士は笑顔でタクに会釈して立ち去られ、彼がこちらを振り向いて、

「さ、行こうか。」

「うん……。」

その日の日程はもう殆ど終わっていて、帰りかけている人の姿も三々五々見掛けました。クロークで預けていた荷物を受け取り、その足でホテルへと向かう私達でした。勿論、大きい方の荷物は彼が持ってくれて……。外はもう薄暗く、西の空で三日月が笑っていました。頬に当たって通り抜けて行ったひんやりした西風。

「ねえ、タク。さっきあなたと話してたあの男の人、何ていう人？」

「僕の知り合いの人。国立H病院の倉本先生。昔お世話になったことがあってね。もう五年振りかな」

「有名な人なの？」

「うん。細胞診にかけてはかなりの実力者だよ」

「ふうん。……久し振りに会って、何か言われた？」

「うん。僕がね、昔と全然変わってないって。いつまでも子供みたいだって笑われてし

まった。」……

肌着を着けただけの裸の上にバスタオルを巻いてバスルームを出た時。二つ並んだベッドの向こうに椅子とテーブルが据えられていましたが、更にその向こう、厚いレースのカーテンの少し開いた窓辺にタクがジャケットを脱いだ黒い姿のままで向こうを向いて立っていました。暗い窓の外をじっと見ているのでした。いそいそと寝間着の浴衣《ゆかた》を着て「あなたも入らない?」と声を掛けましたが、彼は背中を向けたまま「いや、僕はいいよ」という返事。ああ、やっぱり。

そういえば彼と再会してからこっち、病院で彼と一緒に食事をしたこともお茶を喫《の》みに行ったこともありません。これこれの日にはどんな服を着て、洗濯はどうしているとか、いつ何を食べた、どこへ食べに行ったとか、休みの日や暇な時はどうしているとか、掃除はどのようにしている、お風呂はいつ入る、夜は何時頃に寝るなどと衣・食・住についての事細かな話をしているのを一度も聞いたことがないのです。服装はいつも黒一色のワンパターン。一度彼の家に連れて行って貰った時も小綺麗にしてあったことだけが印象に残り、そこにはテレビもラジオもステレオも本も無し。戸籍や履歴は当てにならず、肉親や身内・郷里や出身学校などについても一切黙して語らず。他の女性との噂以外には人間的な生活臭など殆ど匂わせたことのない、まるで無縫の天衣を纏い霞でも食べて生きているような彼でした。今日こそは付き合い上、朝・昼・晩と三食を共にしたものの、いずれの場合も彼は驚く程の少食でした。あの倉本先生との再会に至って初めて彼の経歴の一端らしきものをちらっと覗くことができましたが、それ以上のことは遂に彼の口から聞けなかったのでした。どういう訳か私はそんな彼を不審に思うこともなく、いとも素直に彼の相手になっているのでした。いや、――これ以上の不審と好奇心とで以て彼のことをもっと知ろうとしたら、忽ち彼は私から離れて行ってしまうのでは……という心配があったのです。彼の素性、彼についての真実、私に対する彼の本心……と、もっと知りたいことが山ほどあるのに何も知らされないでいる不安よりも、彼を失うかもしれない心配の方が大きかったのです。

今回もそうでした。私はもうそれ以上何も言えませんでした。彼の方へ近寄ろうとしてスリッパを履いた足元を確かめに俯いた時。サッとカーテンを閉《し》める音がして、顔を上げてみると彼がこちらを見ていました。いつもの優しい笑顔でした。こちらへやって来るなり、

「ねえ、スライド‐カンファレンスの鏡検、全部終わった？」

と言い出し、あ、やっぱりいつもの彼だな、と私は安心してベッドの上に腰を降ろしたのです。

「うん……でも、あんまりよくわからなかった」

「うん、いいんだよ、それで。今の君なら陰性《ネガティヴ》か陽性《ポジティヴ》かわかれば上等さ、間違ったって恥じゃないよ。あんなの当て物で一種のゲーム遊びなんだ。あれだけが楽しみで学会に行く人だっているんだから」

「本当？」

「ああ。僕もその一人だけど」

私はぷっと吹き出してしまいました。彼も笑いながら私の隣に腰を降ろして来て、ベッドが僅《わず》かに揺れました。

「ねえ、それで、答え全部わかったの？　スライドだけで」と擦り寄って尋ねると、彼は「勿論」といかにも自信ありげ。

「ふうん。すごい」

私は枕許のノートを取り上げて開き、昼間書いた自分の解答をもう一度指で押さえながら確かめるのでした。これとこれがよくわからなかった。これはアデノ（腺癌）だと思ったんだけどどうかな。これなんかはもう全然……。初めてのことなので仕方なかったとはいえ、その結果は惨憺たるものでした。

「ふうん、アデノか。アデノね……ふふ……」

はっとすれば彼が斜め後ろから私のノートを覗き込んでいるではありませんか。いや！とばかりに私はサッとノートを伏せたのですが、

「へぇぇっ、あれがインｰサイテューｰ（上皮内癌）とわかったなんて……、クリアｰセル（淡明細胞癌）といいヘパトーマ（肝細胞癌）といいマリグナントｰリンフォーマ（悪性リンパ腫）といい、中々《なかなか》やるじゃない」

と彼。

「全部見ちゃったの？」

「うん、見ちゃったよ」

「じゃあ、あなたのも見せてくれる？」

「何を？」

「あなたのノート」

「ノートなんか無いよ。答えは全部投票してしまった。メモは僕の頭の中。」

「……もうっ、いじわる」

他の事なら兎も角、細胞診の上では絶対に私からの甘えを寄せ付けない彼でした。私がちょっと膨れてノートを枕許に放り投げ、再びタクの方を見た時。くすっと笑った彼は立ち上がってベッドの傍《そば》を離れたのでした。テーブルの上のショルダーバッグの中からプログラムを取り出して開き、

「明日《あした》は九時からか。八時にはここを出た方がいいね」

そうしてまたこちらへやって来て、しばらくの間そのプログラムを二人で一緒に見てい

ました。あれが見たい、これが聞きたい、と言い合っているうちにふと時計を見ると十一時。彼が立ち上がって私と顔を見合わせ、

「もう寝ようか。」

「うん……」

私がシーツのかかった毛布の下に潜り込むと、彼ももう一つのベッドに腰を降ろし、そのハイネックの黒いセーターだけを脱いでまたいつかのように上半身アンダーシャツ一枚になったのでした。それを見て私はびっくりしました。前に彼の家で見た時は暗かったし心も揺れ動いていてよく見ていなかったのでしょうか。蛍光ランプの明るい光の下にくっきり照らし出された彼の腕や肩や頸《くび》や胸元——、映画で見たあのブルース＝リー程でないにせよ、彼の色白のその体は意外に肉が付いてピシッと引き締まっているのでした。肩や腕には細かくうごめく筋肉の所々に緑がかった灰色の静脈がくっきり浮かび上がり、頸《くび》には鋭く筋が立ち、シャツの下の胸にも筋肉が張り詰めて見るからに逞しそう。着衣の上からの外観は寧ろ華奢《きゃしゃ》に見えていただけに、彼の美貌と相俟《あいま》ってその素晴らしさはひとしおでした。

「どうしたのさ?」

と彼に声を掛けられて私はポッとしてしまいました。「あ、そうか」と彼はシャツ一枚の自分の上半身をちらっと見て、

「でも、何も今時分になって驚くことないだろ。前もこれで抱いて一緒に寝てあげてたんだから」

「あなたの家に行った時のこと？　でも、あの時は……」

と私が言葉を詰まらせていると、

「ああっ、もう忘れてる」

彼はそう言ってふっと一息つくと、今度はにこっと笑って、

「思い出させてあげようか。」

言うなり彼は部屋の明りをパッと消しました。そして終夜灯の光だけの暗い中、私が寝ている毛布の中へ手を滑り込ませるや同じベッドに潜り込んで来たのです。私はあっという間にベッドの一方へ押し遣られていました。わッ、また！　と慌てているうちに私はもう彼の腕の中。忽ち彼の温もりに呑み込まれ、そのしなやかさに縛られて身動きできなくなっていました。胸もドキドキ鳴っています。

「背中、寒くない？」

「う…うん」

「じゃ、お休み……」

心身共に彼の温かさや頼もしさにすっぽりと包まれながら、私は中々眠れませんでした。

胸をドキドキさせながら恐る恐る手探りで、彼の肩や腕に、シャツの上からその胸板にそっと触れてみるのでした。そして鼻や頬を擦り付けてみるのでしたが、すべすべピチピチした手触りのその体には、ふくふくした温もりこそあれ汗臭さなどは微塵も無く、太陽光線をたっぷり吸い込んだ洗い晒しの布のような匂いがほのかに感じられるだけでした。——もし彼がこの強靭な肢体で、突如として私の安心感に付け込んで来て、彼と変な関係に陥ってしまったら……。いや、まさか、彼に限ってそんな事はないだろうけど、……でも、病院でのあの再会の日以来、彼は意識してかしないでか私をどんどん自分の方へ引きずり込もうとしているみたい。いつかは別れなければならないんだって言っておきながら……。この甘過ぎるマスクの下で一体何を考えてるのだろう？　あなたは一体何者なの？何処から来て何処へ行くの？　もしあなたが本当に人間ではないのなら、一緒になれなくてもいい、でも、どこかでずっとあなたと繋がっていたい。ううん、いっそのこと私も一緒に連れて行って欲しいとも思うけど、やっぱりなんだか怖い……。

そのうちに私は、さっき彼が「思い出させてあげようか」と言ったのを思い出していました。そういえば、小さい時も毎晩こうやって一緒に寝てたっけ。災害外科の検査室で悪戦苦闘していた時には、その幼い頃の事が懐かしかった癖に。毎日を彼と一緒に過ごすようになってからそんな記憶などコロッとその辺に置いて来てしまうなんて、私もやっぱりエゴイストなのだろうか？　——あの頃の彼も、こうやって上半身をシャツ一枚にして私を抱いて寝てくれていたのよね。その彼は、今もその時の儘《まま》で私の目の前にいる。でも、私は……。

考えてみれば彼は、まだ私が小さい時からずっと、危なっかしい足取りで前へ進もうとする私を見守ってくれていました。道を誤らないように、転ばないように、背後から・すぐ傍《そば》から、或いは私の目に見えない所から、或いはまた遙か遠い所から、またどうかすると私の内側から。また、立ち止まっては私の方を振り返りつつ私の前方を歩いて、懸命に追い付こうとする私の理想であり目標であり続けてもくれました。私が倒れてどうしても起き上がれなくなった時には手を差し伸べてくれもしました。しかし、私の方から甘えようとすると、いつもあの憐れむような凜とした眼差しで私を見ているのでした。彼のその態度は、今の私自身への成長に繋がっている。陰に陽に私をここまで導いてくれた、そんな彼に対して、今更私は感謝の証《しるし》に何をしてあげられるのだろう?

その彼も、いつかは私の前から去って行ってしまう。今度こそ、もう二度と逢えないような遙か彼方へ……。そう思った途端に言い様のない寂しさと不安に襲われ、たまらないほど彼に甘えたくなって、私は衝動的に力いっぱいに彼を抱き締めていました。彼の胸に顔を埋《うず》めているうちに何故《なぜ》かどっと涙が溢れ出して来たのです。カッと熱いものが胸の底から突き上がって来るのを感じ、体も火がついたように熱くなって来たのでした。

「ノ…ノッコ……?!」

耳元でそんな彼の声が聞こえました。

「ふふ……わかった。何か夢でも見たんだろ。それとも本当に昔の事を思い出した？　ははは」

「…………」

夢？　思い出？　ああ、――普段口数の少ない彼がいざ口にした時の言葉はいつも小気味良く私の耳を突くのでした。涙の中でふと気が付くと、彼の手が浴衣《ゆかた》の上から私の背中を静かに撫で摩《さす》っていて、それが、彼の胸から伝わって来る静かな息遣いと共に、不思議に私の気持ちを落ち着けていってくれるのでした。それでも中々静まらない自分の鼓動を聞きながら、私は彼に呼び掛けていました。

「タク……」

「ん？」

「今、…今ね、……あなたが、一番欲しいと、思ってるのは、何？」

うら恥ずかしさと緊張感と不安とで途切れ途切れにやっとそれだけ言えました。でもそれは前々から一度彼に尋ねてみたかったことでした。

「僕が欲しいのは何かって？」

「うん……」

彼は私の耳元でふっと笑いを漏らすと、

「そんなのあったかな」

どうでもいい、というふうに笑ってはぐらかした彼でしたが、私は真剣でした。

「あなたがいなかったら、あたし、本当に、どうなってたかわかんないもの。それも、今に始まったことじゃないわ、だから、……あなたへの、あたしの気持ち、……わかってくれるでしょ？」

彼はふっと吹き出して、

「いいんだよ、そんなのは。これはみんな僕からの一方的な好意なんだから。」

「あ……」

私はその後の言葉が出せませんでした。

「もし君がどうしても恩に報いたいって言うんなら、それ相当の覚悟が要るよ。ふふふ……」

覚悟、と聞いた途端、私はドキッとしました。同時に、今まで私の背中を撫で摩《さす》っていた彼の手の動きがぴたりと止まり、私は一瞬息を呑んだのです。が、——

「さ、もういい加減に眠らないと。明日《あした》起きられなくなるよ」

（十二）

学会は無事終了しました。私のスライド‐カンファレンスの出来はやっと七割ほど。初心者としては上出来だとタクが慰めてくれます。彼の方は完璧だったのでしょう、スクリーンに正解が示されるたびに頷いているのを私は尊敬の目で見ていました。が、――こんなことで喜んだりがっかりしたりするだけで終わるより、自分自身の症例体験として細胞像を一つ一つ頭の中に刻み込むことだ。それが、スライド‐カンファレンスのみならずシンポジウムや講演など総てを含めたこの大会の目的なのだから、と彼。それは正《まさ》しく、感情に流れ勝《が》ちな私へのプロとしての戒めでした。

混雑する会場を抜け出た時外は既に暗く、ひんやりした風が通り過ぎて行く中を私達は肩を並べてホテルへと向かっていました。翌日の土曜日、私達は朝のうちにここを出発して病院へ直行し、その午後は勿論翌々日の休日も返上して溜まっている仕事を片付けることになっています。資格認定試験まであと一ヵ月、いよいよ身を引き締めて勉強しなければ。そう思いながら、私はタクに寄り添って歩くのでした。

夜、同じホテルの一室にて。入浴を終え寝間着に着替えてまた一つのベッドに二人して横になった時。しばらくの間、二人とも天井を仰ぐ姿勢のままでじっとしていましたが、

やがて彼が口を開いて、

「ねえ、疲れたろ。二日間もあっちこっち引っ張り回したからさ」

「うん……でも、いい勉強になったわ」

「来て良かった？」

「うん。」

「とか何とか言って、やっぱり心のどこかでね、新婚旅行ならもっと良かったのに、なんて思ってたりして」

「もうっ、イヤ！」

「はははは」

笑い出した彼の肩を私は軽く叩《はた》いていました。恥ずかしくてポッとしてしまったのは図星を指されたからだったのでしょうか。兎に角、何を言われても私は彼を憎めませんでした。そのうちに彼がこちらへ寝返り、腕を伸ばして来て、私は彼に引き寄せられていました。そして、また昨夜と同じような物静かな彼の愛撫を背中に受けているうち、私は胸をドキドキさせながら、

「タク……」

「ん？」

「あなたが、あたしに望んでいること、って、一体、何なの？　あんなこと、言ってたけ

ど、そんなに大変なこと?」

「ん? 何が?」

「あのね、……あなたが、あたしに、こうして欲しい、こうして貰いたい、って、……思っていること」

「ああ、……昨夜《ゆうべ》の話の続きね……」

「う…うん……」

するとふうっ……と彼の柔らかい温かな息が私の頬に懸かって来て、

「求めるものなんか何も無いよ。施しはするけど。ふふふ」

「え?……」

「勿論、施しを受けて欲しいとも思っていないよ。君は、小さい時からいつも僕が手を差し伸べれば喜んで応えてくれていたろ。それでもう十分」

「あ……」

施しはするが求めない? でも、こうしてあなたがあたしを好意の対象として選んでくれている(?)——これも私のウヌボレと偏見だったのか——のも、あたしに求めているものがあるからではなかったの? 恐れ多くもふとそんなことを思った時。

「僕は一度君に念を押したことがあっただろ。『僕と友達でいてくれるね? 僕を信じてくれるね?』ってさ。それからこっち、僕が今まで一度だって、僕一人だけの為にこうして欲しい、こうしてくれって君に言ったことがあったかい？」

「あ……」

そうだった。言われてみれば……。だからこそ私は、彼の為に尽くしたいと思ったことが無く、それだけ自分自身の道に精進できたのでした。

「う…ううん」

「じゃあ、これからもずっと同じだよ……ふふふ」

彼はそう言って優しく笑うのでした。が、私は忘れられませんでした。時折思いがけなく彼が見せる、あの憂いを含んだ憐れむような凜とした表情を。

「でも、タク、あなた、何か物悲しそうにしている時も、あるみたいだけど……」

「僕が？」

「うん……。それはどうして？　やっぱりあなたにも、悩んでることってあるんじゃないの？」

すると彼はふっと吹き出して、

「なんで僕が悩むのさ？　悩むっていうのはね、自分自身の事に関して解決の方法を知らずに迷っている状態をいうんだよ。わかる？」

「……うん、そうよね」

「そんな悩みならとっくの昔に卒業したよ。僕は、ただね、」

「ただ？」

　彼はまたふうっと一息ついて、

「……そこまで言わなければダメ？」

　そう言ってじっと私を見ていました。終夜灯の光だけの暗い中なのに、彼の目が潤んでいるようにキラキラ輝いているのがよく見えるのでした。思えばつい一月《ひとつき》前、病院の屋上で、降り注ぐ太陽の光の下に見たあの表情、そして耳にした幾つかのあの言葉。――やっぱりあなたのそれは、自分自身以外の誰かに向けていた慈悲の眼だったのね？　そう信じていいのね？　ひょっとして私だけに？　それとも、あなたを取り巻いている不特定多数の人達にも？　いや、もっと広くこの地上の人々総てに？　……でも何故？　何の為に？　それとも、――私のこんな疑問さえナンセンスだってあなたは笑い飛ばすの？

　話がおかしな方へ逸《そ》れるのに気付いて私はちょっと慌てました。

「タ…タク、……あたしはただ、お礼に、あなたに何かしてあげたくて、それで、……」

　その時。私はまた彼の胸に抱き寄せられていました。

「そう、今はそれだけでいいんだ……僕を信じて、その気持ちを持ち続けていてくれさえすれば……」

　私が眠りに入る前に聞いた彼の最後の囁きがそれでした。

　私は、静かな寝息を立て始めた彼の胸の中でまたしばらくの間思いを巡らすのでした。

タク……あなたは、天使やキューピッドじゃないけど、悪魔やゴルゴンなんかでもない、って言った。だから安心していい、ってあなたは言った。このままずっとあなたに随《つ》いて行ってもいいの？　あなたに魂を預けてしまってもいいの？　あたし、一体どうすればいいの？　……タク……

軽蔑と羨望と好奇の目に取り巻かれつつ、再び私の習練の毎日が始まりました。彼が私のために作ってくれた問題集、私のために編んでくれたスライド集、私のために集めてくれた様々な標本――。何もかも至れり尽くせりで、毎日仕事が終わってから晩七時近くまで練習や勉強に付き合ってくれる彼に、私はただただ頭が下がるばかり。

さて、この細胞診を仕事とする「細胞検査士」というのは、検査技師の国家試験と違い、ペーパーテストだけで取れる資格ではありません。学術団体である臨床細胞学会が制定した、知識と共に実際上の能力も重要視する資格なのです。その認定試験は一次と二次に分かれているのでした。ペーパーテストとスライド投影による細胞同定が一次試験となっており、これに合格した者だけが二次の実技試験を受けられることになっていました。そして実技試験では、検体の塗抹・固定・染色など標本作製上の手技が正確に行なえるかどうか、且つ、顕微鏡による同定・スクリーニング、少数異型細胞のチェック（点打ち）などを所定の時間内に正確にこなせるかどうかが試されるのです。だからそのための練習は、勢い、タイマーを傍《かたわ》らに置いてスライドや標本とにらめっこ、ということになります。標本作製は普段からやっていることですし、問題集も暇さえあれば家でもできますから……。

そうして目まぐるしく過ぎて行く毎日。そんな中で、私を襲ったもう一度のショック――

或る朝いつものように台帳に依頼票の内容を書き写していると、電話が掛かって来たのでした。出てみれば赤崎さんの声。タクを呼んでくれというのです。やって来た彼に受話器を手渡すと、

「もしもし。……ああ、」

と彼はちらっと私の方を見ましたが、すぐに送話器を自分の方に寄せると受話器のコードを引っ張って伸ばし、くるりと背中を向けて開いた戸口にもたれ、小さな声で話し始めたのでした。私はなんだか独り取り残されたような気持ちで仕事を続けていました。そしてかなりの後。

「じゃあ、今日《きょう》のお昼。……うん。」

という彼の声が聞こえ、はっとして顔を上げた時、私の目の前で電話を切った彼は、黙ったまま私の方には一瞥もくれずに窓際の方へ行ってしまったのでした。なんだかいつもと違う。また私の知らないうちに、タクと赤崎さんの間に何かあったのだろうか？――

忽ち一抹の不安に駆られて仕事や勉強どころではなくなった、そんな自分に私は強く鞭打つのでした。あの彼が間違う筈はない、私も間違ってはいけない、と。

しかし、果たしてその二、三日後、私はまたいつかのように赤崎さんに呼び止められました。そして二人して例のエレベーター近くの長椅子へ。得意満面の彼女に何かイヤな予感がして、座った途端に、

「あなたの負けよ、松宮さん」

と来ました。

「わたし、諦めなかった。あれからまた何度も美杉さんに働き掛けたわ。あの人ね、とうとう、またわたしを抱いてくれたのよ。そうしてね、来年の四月まで待って欲しいって言ったのよ」

私はギョッとしました。

「来年の四月……」

「そうよ。その時には、あなたはもう、ここにはいないわね。」

それから先は、赤崎さんから何を言われたのか覚えていません。目の前が真っ暗になって、かなりの間そこでボーッとしていました。

タク……あなた……、ううん、違う。一見あどけなく飄々としていて、その実、悟り切ったようにクールでストイックなあの彼が……、あの彼が、間違う筈はない。きっと何

か考えているのに違いない。ならば、私も間違ってはいけないんだ、彼を信じて随いて行かなければ……。

正気に戻ってみると、そこにはもう赤崎さんの姿はありませんでした。腕時計を見れば一時を三十分も過ぎています。慌てて立ち上がった私の目に飛び込んで来た、廊下の曲がり角に立つ人影一つ。タクでした。

彼の傍《そば》まで近付いて行って、私は力無く詫びたのでした。

「御免なさい、ちょっと気分が悪くて……」

彼は何も言わずにゆっくりと歩き出しました。私は彼に随《つ》いて歩きながら、彼が何か言葉を掛けてくれるのを待っていたのですが、部屋に戻ってからも遂に一言も交《かわ》さずに終わってしまったのでした。

Gさんが淹《い》れて下さったコーヒーも殆ど喉《のど》を通らず、その後の細胞診の練習にも身が入らず。タクが用事でちょっと席を立った隙に、私は無断で帰り支度をしてそっと部屋を出ました。もうすっかり夕闇に包まれた外は秋の終わり。寒々とした風が私の心の中にも通り過ぎて行きます。何もかもが虚《うつ》ろでした。

ふらふらと家に帰り着き、門の扉を開《あ》けようとして何気なく視線を横に流した私は、そのままそこに立ち竦《すく》んでしまいました。やや離れた所に立っている電柱のすぐ傍《そば》で、ぼんやりした街灯の光の下に佇《たたず》んでじっとこちらを見ていた、あの凜とした憐れむような目。

タク?! ——こんなあたしなんか、見捨てられて当然。あなたに見込まれるほどの器量ではなかったのよ——そう自棄《やけ》になって逃げて帰って来たようなものなのに、あなたは！

そう思った途端、彼は表情を和らげると、黒豹のように身を翻して忽ち夕闇の中に姿を消しました。

（十二）

タクの温かい目に励まされながら、私はいよいよ試験の日を迎えました。

試験の前日の夕方、試験場になっている東京の某大学で受付と打ち合わせを済ませ、ホテルに着いた私は、食事と入浴の後すぐにベッドに入ってじっとしていました。細胞診の本を持って来ているものの、今更慌てて読む気になれず、また、部屋にはテレビが置いてありましたが、やはり見る気になれないのでした。

翌日の一次試験は上首尾でした。この日の受験者数は三百数十名。そのうち約半数がこの一次で篩《ふる》い落とされ、更に二次で残りの約三分の一が落ち、最終的に全体の三分の一足らずが合格するという厳しさです。晩、一次試験の合格発表を見に試験場に戻り、自分の番号を捜すと、——有った！ 先《ま》ずは、ほっと一息ついた私でした。

ホテルでのその夜、私は夢を見ました。夢？　あれが果たして夢だったのでしょうか。うとうと眠っていた私は、ふと、瞼《まぶた》を貫いて射《さ》して来る光を感じ、目を開《あ》けました。途端、私は余りの眩《まぶ》しさに思わず顔を背けて手を翳《かざ》したのです。目を細めて見ても、太陽を目の前に持って来たような、外まで溢れ出さんばかりの目映《まばゆ》い光。部屋は夏の真昼のような明るさでした。隅のテーブルも椅子も、電話もテレビも、私の寝ているこのベッドも何もかも、その強い光に貫かれたように影を失って透明に見えました。何が起こったのか全くわからず、それでいて少しも恐ろしいと感じなかったのが不思議でした。そのうちに私は、目を射るその光の中に何かの影が浮かび上がって来るのに気が付いたのです。目が痛いのを堪えてじっと見ていると、それは次第に色が濃くなって、一人の人間の輪郭が現れたのでした。見覚えのあるその人影に私ははっとしていました。中肉中背でやや細め、頸《くび》から肩にかけてのあの線は……！　思わず跳《と》び起きた途端。私は目が覚《さ》めました。

辺《あた》りは終夜灯の光だけの元の薄暗闇。夢というには余りにも鮮烈でした。タク……あなたなのね？　私はまた静かに毛布の中に潜り込みながら、記憶に焼き付いている夢の中のあの人影に向かって話し掛けるのでした。ここは私の正念場。あなたから遠く離れ、あなたのことも何もかもすっかり忘れて独りで頑張らなければならないというこんな大事な時にさえ、私はあなたのことを忘れられないでいる！　それは少なからぬショックでした。でも、なぜ彼があのような強い光と共に私の前に現れたのだろう？　あの光は一体何？

何かの前兆《まえぶれ》？——

翌日の二次試験も思ったより旨く運びました。一次でパスした受験者は、ここで十数人ずつの幾つかのグループに分けられ、そのグループ単位で場内を移動して、顕微鏡などを使用しての様々な実技試験に取り組んで行くのでした。顕微鏡や標本の数、スペースなどが限られているので、大勢が一斉に同じものを、というのは不可能です。また内容により時間が長かったり短かったりするので、順番によっては待ち時間を挟んで試験が翌日にまたがるグループも出て来ます。私の入っていたグループは朝から晩まで一日たっぷり掛かって試験を総て終え、残るは翌日の面接だけでした。

次の日、その面接も終え、新幹線を介してN駅への乗り換え地点・W駅に着いた時はまだ昼下がり。改札口を出、荷物を足許に降ろしてやれやれと思いきや、その荷物を横合いからさっと持ち上げた者がいます。驚いて顔を上げて見ると、いつものあどけないあの笑顔がそこにありました。

「お帰り」と声を掛けられた後も私は呆気にとられていました。

「あなた、今日《きょう》、仕事は？」

「昼から帰らせて貰ったのさ。一昨日《おととい》・昨日《きのう》とちょっと遅くまで頑張っておいてね」

「あ…あたしのために？」

彼はちょっと笑うと、それには答えずに私の荷物を持ったままゆっくりと歩き出したのでした。

「昼御飯は？　もう食べた？」

「うん。」

「じゃあ、僕の家《うち》に寄って行けばいい。大分遠回りになるから悪いけど」

「あ……うん。」

試験や旅で疲れていたこともあって、私は断れませんでした。彼に誘われるままに薄い陽射《ひざ》しの下、寒風の中をゆっくりと彼の家・S荘へ。思えば今年の初め、仕事の辛さの余り、彼に甘えたのもここだった。その時分に比べれば私も我ながら一回り大きくなったような気がします。彼の部屋に通されると、正座のできない私は初めから脚《あし》を投げ出して座っていました。そして、彼が外で入れて持って来てくれた熱いコーヒーとクッキーに感激。ガタンと戸が閉《し》まり、カチャッと鍵の掛かった音を背中で聞いたのも束《つか》の間《ま》、彼が早速《さっそく》私の傍《そば》まで来て座り、

「試験、どうだった？」

「うん、タクの特訓の御蔭で、もうバッチリ。」

「ははは、そりゃあそうだろ」

「でも、きついのね、二日間も朝から晩までなんて。もう、ぐったり。今朝《けさ》は面接だけ

だったから楽だったけど、実地が二日にまたがったグループなんか、かわいそう」

「それだけの気力が無かったらこの仕事はやって行けないってことだろ」

「そのようね……」

さっき彼が部屋の戸に内側から鍵を掛けたのを気にしつつも、私はゆったりした気分でコーヒーを啜っていました。

「合格通知はいつ頃来るのかしら」

「すぐに来るよ。一週間もかからないさ。」

「そんなに早く？」

「うん。楽しみだね」

「うん。でも……」

「でも？」

「万が一」

「もう、大丈夫だったら！」

彼はあっさり笑い飛ばしていました。そうして、笑顔のままでしばらく黙って、持ったカップから立ち昇る湯気越しにじっとこちらを見ている彼を、じっと見返しながら私も和《なご》やかな沈黙を味わっているのでした。

その時、クッキーを一つ口に入れた彼が、

「あっ、そうだ」

と私の方を向き直ってにこっと笑うと、

「一昨日《おととい》の晩さ、夢を見たよ。寝ている君の所まで飛んで行った夢。」

私はびっくりしました。

「三分の一安心して、三分の一緊張して、三分の一祈ってる、って感じだったね、あの様子は。君に気付かれそうになったから、慌ててその辺に隠れたら、きょとんとしてた」

ああ、何ということ！　やっぱりあれはあなただったのね?!　――そんな私の驚きを見て取ったのかどうか。しばし私の方を見ていた彼が、

「どうかした？」

と怪訝《けげん》そうな顔で尋ねて来ました。――修学旅行は九州や四国、検査技師の国家試験も関西だった私にとって、東京は初めての場所でしたし、また、ペーパーテストには慣れた私も、顕微鏡などを使っての実技の試験は初めての経験でした。周囲には誰一人知った人がいない、頼れるのは自分自身だけ。そんな孤独な戦いの中でさえ、お互いの夢でもいい、あなたはそうやって私を見守ってくれていたのね？　そう思っていいのね？……

「ねえ、ノッコ」

体を軽く揺すられて、はっと気が付いてみると、彼の手が私の肩に掛かっていました。

彼はくすっと笑って、

「どうしたのさ？　それこそ夢でも見てたような顔して」

「夢？　……夢……」

その時私は、自分の見たあの夢のことを彼に打ち明けてちょっと確かめてみたくなったのでした。そこで、彼がどんな顔するかな、と冗談半分に、

「タク。あなたのそれ、本当に夢だったの？」

「え？」

「あなた、その晩は、本当にあたしの所まで来ていたんでしょ」

すると、意外にも彼はまたくすっと笑って、

「そうだ、って言ったら？」

「でも、そんな筈ないもんね」

「どうしてさ。僕には翼が有るんだよ……」

また始まった。そう心の中で笑っていると、

「でなかったら、君が水色の花柄のパジャマ着てたとか、その後《あと》しばらくしてトイレに立ってから寝たなんてどうしてわかる？」

私はまたびっくりしました。

何かの暗示なのか、あの晩の不思議な夢。そして夢の一致。それさえ私にとっては驚異的な体験でした。今また彼が、何もかも見透かしているように私の心を手玉に取る。まる

で鬼神のように……。一体、あなたは、何？……

ふと、彼の手がまだ私の肩に掛かっているのに気付いた時、私は自ずから胸の鼓動が高まって行くのを感じるのでした。多分顔も赤らんでいたでしょうか。それが恥ずかしくて彼と視線がぶつかるのを努めて避けようとしましたが、人の心を痺れさせるような神秘的ともいえるあの甘いマスクの方へ、どうしても目が行ってしまうのです。――違う、違う。彼もまた一人の男性に過ぎない。やっぱり人間として生き、年を取って死んで行くんだ。お互いに何時《いつ》どうなるともわからないのに、振り切るのに何を戸惑うところがあるの？この美しさだって仮のもの、儚《はかな》い幻に過ぎやしない。なのに、何故心を魅《ひ》かれるの？――そんな私の迷いを嘲笑《あざわら》うように彼がそっと体を寄せて来て囁き掛けて来るのでした。

「そう、――もし君が男の子だったら、僕は女性の姿で君の前に現れていたかもしれない。それも飛び切りの美人でね。ふふ……どっちにしろ、君はもう僕から離れることはできないのさ。たとえ夢の中だろうと、――死んでもね」

「えっ？」

死んでも、という彼の言葉に不気味なものを感じて私は体を引こうとしましたが、彼の手は既にがっちりと私の肩を摑《つか》んでいました。彼がふっ……とあの愛くるしい笑みを浮かべた、その時。

私は矢庭に強い力で絨毯の上へ仰向けに押し倒され、あっという間に身動きできなくなっていました。両手は押さえ付けられ、体の上には彼の体重が伸《の》し掛かり、すぐ目の前に髪の毛を振り乱した彼の顔がありました。が、その目も口許に浮かべた笑みも静かな息遣いも、何もかも変わらずに落ち着いているのでした。私の体の上に覆い被さりぴったり吸い付いた彼の肢体の、あのピンと張ったしなやかさ、ふくふくとした温もり。突然のことに気を削《そ》がれた私は早《はや》どうする術《すべ》も無く、高まり行く鼓動と弾《はず》む呼吸を意識しながら目を閉じてじっとしていました。このところだんだんエスカレートして来る、私に接する時の彼の振舞。それでも決して踏み外そうとしない彼の確かさと優しさ。それをよく知っているうえでのことでした。

そのうちに、彼の髪が私の頬をくすぐり、つるりとしたその耳が私の頬に触れ、すべすべしたその頬が私の頬を撫でるのを感じ、そうして彼の高めの鼻が私の鼻に軽く当たった時。私はとうとう怖くなり、思わず彼の手を払い除《の》けようとして、押さえ付けられていた両手に力を入れてしまったのです。しかし彼はびくともしないのでした。逆に凄い力で締め付けられて、

「あっ……」

そんな声をあげてしまった私の唇は次の瞬間にはもう塞がれていました。それから後は激しい鼓動の嵐の中。抵抗しようと試みたのか、それとも諦めてじっとしていたのかよく

わかりません。以前にも増して荒々しく熱っぽく私の唇に押し付けられて来る、あのやや張りのある柔らかな感触。同時に、彼のあの締まった強靱な肢体が私の火照《ほて》る体にゆっくりと摩《す》り合わされ、摩《す》り付けられ、押し付けられて来て、危険を感じた時には既に遅し。ぬめぬめと私の舌下へ侵入して来た彼の熱い舌。次第に深く入り込んで来る彼の誘惑に、体の力どころか心までがとろかされ、吸い取られて抜けていくみたいでした。ああ、どんどん彼の方へ引きずり込まれて行く。まるで蟻地獄のスリバチから這《は》い上がろうともがく蟻みたいに。すぐ下には鋭い牙が待ち受けている。でも……、ううん、違う。タクにそんな下心なんか有る筈ない。そうとわかっているのに、やっぱり怖い。このまま総てを彼に奪われてしまうのが……このまま自分を失ってしまうのが……それでも構わない、という気持ちにさせられて行くのが……。

「ノッコ……」という彼の声にはっと気が付くと、私はまだ彼に抱き竦《すく》められたまま。

「気分、どう？　なんならもっと先まで行ってもいいんだよ。ふふふ……」

目の前で無邪気な顔をしてそんなことを囁き掛けて来る彼。この時私は、嘗《かつ》て彼が口にした「覚悟」という言葉を思い出していました。いや、違う。彼が本当に私に求めているのがこんなものである筈がない。きっと、もっと大きくて深いことなんだ。でも、わからない、……わからない、彼が、彼の真意が……。兎に角、力ではどうにもならず、私はまたギュッと目をつぶり、彼の次の一撃を待つのでした。

しかし、彼は遂にそれ以上の行為を仕掛けては来ませんでした。恐々《こわごわ》目を開《あ》けてみると、彼は同じ姿勢のまま真顔でじっと私の顔色を窺っていました。が、やがてふっといつもの優しい笑みを浮かべてそっと腕の力を緩めたのでした。けれども私の方は、胸の高鳴るのも息の喘ぐのも体の火照《ほて》るのもまだずっとそのまま。彼は静かに私から離れてすぐ傍《そば》に体を横たえると、私の方を見ながら落ち着いた口調で話し掛けて来るのでした。

「ふふふ……相変わらず強いね、君は。掛け替えのない自分の生き方を大事にしようとする意志がさ。いいことだよ」

そして、

「今まで僕は、君を突き放して現実の中へ投げ込んだり、逆に付き纏って誘惑したりして君を散々苦しめて来た。でも君は、自分で築いた〈戦場〉から逃げ出さなかったし、自分の〈星〉を見失うこともなかった。それでいて、徹底して僕を信頼してくれた。嬉しくなるね、本当に」

彼のいたわるような温かい視線が恥ずかしくて、私は彼に背中を向けてしまったのでした。やめて、タク……可愛《かわい》がられるのを拒むこともできずに却《かえ》って喜んでいたり、仕事のことで甘えて縋《すが》り付いて行ったり、他の人から何か吹き込まれてやきもきしたり、大事な時にまであなたのことを思っていたり、――やっぱりあたしは普通の女の子なのよ。あなたからそんなふうに言われる資格なんか無いわ。しかも、元はといえばあたしが自ら発したそのキザな言葉で……。あなたも、今までそうやってあたしの身も心も弄《もてあそ》んで目いっぱい楽しんでおいて、ひどいわよ――とちょっぴり腹立たしくもありました。

「細胞診を生業にしたいという君の当分の願いは僕が叶えてあげる」

　と彼が更に続けるのでした。

「でもね。その〈戦場〉での戦いに明け暮れるのも〈星〉への憧れに身を焦がすのも、結局は、自分というものに囚《とら》われていることなんだよ。君は、これまでのことで、欲望や感情や無知に弄ばれる自分をイヤというほど見詰めて来た筈だね。まさか君は、そんな自分のために、戦いに駆り立てられたり〈星〉に目を奪われたりしていいとは思っていないだろ。」

　私は背中で頷くしかありませんでした。その言葉は既に本来の覚《さ》めた彼のものでした。彼は続けます、

「〈戦場〉にまではるばる出向いて行かなくても、遙か彼方の〈星〉なんかに思いを馳せなくても、君の依《よ》り所《どころ》は君のすぐ頭の上に毎日出ている筈だよ。この上は、君自らがその〈太陽〉に近付こうと励むことさ。そう、いつか病院の屋上で君が眩《まぶ》しがってたあの〈太陽〉にね。」

　あ……！　私は思わず寝返ってまた彼の顔を見ました。あの睫毛の長いやや切れ長の涼しい目がちらっと光って細くなっていました。口許にも静かな笑みが漂っていました。こ

の目が、この微笑《ほほえ》みが、私の総てを見抜いている。恐らく、この私自身が自分で知り得ている以上に。もう逃《のが》れられない、隠れることもできない……。私は彼が眩しくて仕方がありませんでした。触れれば火傷《やけど》しそうな気さえしました。一昨日の晩見た不思議な夢の中の、あの強い光に包まれた人影。それを私は今一度、目の前にいる彼の上に見ていました。

その時、私は、温かくふわっとした何か大きなものに包み込まれたような気配を感じ、気が付けば彼の手が再び私の肩に掛かっていました。ここまで来て尚私を捕らえて離そうとしない彼の誘惑の中へ、再びすうっ……と吸い込まれそうになって、はっとした私は慌てて起き上がっていました。彼はくすっと笑って、

「今日《きょう》はもう帰った方がいいよ。引き留《と》めて悪かった。途中まで送るね」

(十三)

次の日からまた病院へ出た私はまともにタクと顔を見合わせていることができませんでした。仕事上の用事や電話などで彼が傍《そば》まで近付いて来ても胸がドキドキしてしまうし、呼び掛けられたり話し掛けられたりすれば尚更でした。午後遅く顕微鏡の前に座っていても、彼が隣に座ってスクリーニングを始めるともう落ち着きません。しかし彼の方は、ま

るで昨日の事など無かったような澄ました顔。罷《まか》り間違えばどんな事になっていたかわからないその相手の彼が、こうも平然としていつもと変わらない様子でいるのが私には大きな驚きでした。

そうしてその週の土曜日。昼下がり、家に帰ってふと郵便受けを覗くと薄茶色の封筒が一通。何だろうと思って取り出して見れば、速達で私宛でした。しかも「合否通知在中」とあるではありませんか。それまでタクの態度に振り回されていた私は、気になる筈の例の試験のことを迂闊にもこの時になるまで忘れていたのです。部屋に入ると私は恐る恐るその封筒を開封し、中身を引き出して展《ひろ》げてみました。結果は合格。成績は〈B〉。——私はふらっと椅子に座り、その書面を確かめるように読むのでした。〈A〉は非常に優秀、〈B〉は技術者として普通、〈C〉は辛うじて合格、〈D〉は惜しいところで不合格、〈E〉は成績不良……。

私は独り喜びに震えていました。この日の為に私は頑張って来たんだ。いろんな辛い思いをしたけどそれにも耐えて来た。でも、タク……、もしあなたがいなかったら。これは、本当はあなたのものなのよ、タク。あなたが受け取らなければいけないのよ。両親をさておいても、これは真っ先にあなたに見せなければ……。

私は一旦脱いだコートをまた着て、そのポケットに先の封筒を押し込むと家を出、寒い中をタクのアパート・S荘へ。今日は土曜日、いくら私より遅れて病院を出るとはいえ、今時分はもう帰っている筈。私はただ嬉しくて、早く合格通知を彼に見せたくて心を弾《はず》ませていました。ところがそれも束の間《つかま》、アパートに着いてタクの部屋の前に立った途端、私は数日前のこの部屋での事を思い出して戸惑ってしまったのです。この頃《ごろ》私は漸く、彼が二つの顔を持っていることに気付き始めていました。一つは黄金の眼と手を自在に操る白衣を纏った仕事の鬼、そしてもう一つはあの妖精の化身の金色の目をしたしなやかな黒豹。今の彼は黒豹なんだ。もしまたこの間のような事になってしまったら、今度こそ私は彼を拒むことはできない……。

その時でした。

「ノッコ?!」

ドキッとしてその声の方を振り向くと、タクがアパートの玄関口に立ってこちらを見ていました。私がドギマギしているうちに、

「何やってるのさ、こんな所で」

彼がそう言いながら近付いて来たのでした。見ればまだジャケットを着たまま。

「今帰ったの？」

「うん、そう」

鍵を開《あ》けた彼は、またちらっと私の方を見て、

「一体どうしたのさ？　……あっ、そうか。わかった！」

そして、にこっと笑うと、

「まあ、入りなよ」

「あ……うん……」

私は部屋に通されると早速コートを脱いで座っていました。まもなく彼が振る舞ってくれたのは熱い紅茶と揚げおかき。見る間に何やら数日前と同じような雰囲気に。しかし私はそれに酔っているわけにはいかないのでした。更にびくびくしていると、「ノッコ」という彼の声。はっとして顔を上げるや、

「ねえ、来たんだろ、合格通知。ポケッとしてないで見せた見せた」

あ……！　なんとも嬉しい彼の催促でした。私が慌ててコートのポケットから取り出したそれを、展《ひろ》げて一目見るなり、

「あっ、すごい！」

いつにない上ずった彼の声でした。

「たった九ヵ月足らずでここまで来るなんて凄いじゃない。おめでとう。」

彼は手放しで喜んでくれているようでした。が、私はしばし俯いていました。その合否通知を開いて見るまで、そういう成績の段階があることなど露知らなかった私です。

「御免なさい、〈A〉でなくって……。あたし、一生懸命頑張ったけど、それだけの力しかなかった、っていうことなのよね」

すると彼が突然笑い出しました。

「はははは……何言ってるのさ！　〈A〉なんてのは一回の試験で一人か二人出るか出ないかなんだよ。〈B〉なんてのも数える程しかいないよ。大概の人は〈C〉でもいいから通りたいって願うところなのにさ。」

「ええっ、本当に？」

「そうさ。」

そこまで言われて私はやっと元気が出て来ました。彼はまるで我が事のように嬉しそうににこにこ笑いながら、四つに折り畳んだ件《くだん》の紙を私の前に差し出していました。

「今の時点でのこれは大して問題じゃないんだ。基礎が出来ているかどうかに過ぎないんだからね。もっと伸びるか頭打ちか、それとも落ちて行くか、これからが勝負どころなんだよ。……まあ、精々《せいぜい》頑張るんだね。兎に角、おめでとう。」

私はまた俯いていました。二度までも祝勝の言葉を掛けられた嬉しさや照れ臭さだけではありませんでした。タク、あなた、何とも思わないの？　私に注ぎ込んだあなた自らの力と技の結晶であるところのその合格通知を、何の惜しげもなくあたしにくれるなんて……！

「これでいいお正月が迎えられるね。あとは就職か。いい場所が見付かればいいね。」

と、彼が更に優しい言葉を掛けて来ます。私が顔を上げた時、彼は投げ出した脚《あし》を膝《ひざ》の辺《あた》りで組んで座り、柱にもたれて腕組みしていました。垂れ掛かった前髪に左眼の半分隠れたその笑顔がまたぞくっとするほど素敵でした。この笑顔なんだ、私をここまで引っ張って来てくれたのは。この笑顔を見たいばかりに私は彼に随《つ》いて来たのかもしれない。同時に、彼のもう一つの表情に対する畏《おそ》れの気持ちが私自身を守って来たことも確かなのでした。私が本当に見詰めなければいけないのはそのもう一つの表情なのに、私は未だにそれを恐れてこの笑顔に甘えている！……

タクはやはりあの笑顔で黙って私の方を見たまま、自分の傍《そば》まで寄せていたカップを持ち上げ、静かに紅茶を啜るのでした。私も喜びに弾《はず》む気持ちを抑えつつ、小さなテーブルの上のカップを取って紅茶を啜っていました。そしてかなりの後。

「ねえ、ノッコ」

と、彼が再び口を開いたのです。

「君の就職先だけどね。もし僕に任せてくれるんだったら捜してあげてもいいんだよ。」

私はびっくりして彼の方を見ました。

「一般の検査技師としてならまだしも、サイトスクリーナーとして働ける場所となると非常に限られてくるからね。余程のコネがなければ君独りで捜すのはまず無理だろ」

「じゃあ、どうやって捜せばいいの？」

彼はくすっと笑うとカップを持って立ち上がり、私のすぐ傍まで近寄って来て、「だからさ、」と言って座ると、

「僕に任せてくれって。その辺の事情には詳しいし、その方が君も安心だろ」

私は持っていたカップをテーブルに戻すと、

「ええ、……そうよね」

と、自分でも驚くほど気のない返事をしていました。勿論、彼の厚意に充分報いなければならない負い目がまた一つ増えた、ということだけではありませんでした。彼が持っていたカップをテーブルの上に置いたのを見届けてから、私は俯いて、

「タク……」

「ん？」

「……そうやって、あたしが就職して、病院を辞めて行った後《あと》、あなた、どうするの？」

「僕？　僕はお役御免だよ」

「えっ……？」

「やめるの」

「やめる？……」

私は自分の耳を疑いましたが、彼は頷いて、

「病院だけじゃなくって、細胞診も何も綺麗さっぱりね」

「ど…どうして?!」

「どうしてって、……いくら好きだからって、学会を牛耳ってるドクター達やお偉方の自己満足だけのために、学会のアカデミズムなんかに縛られている訳にはいかないからね。ふふふ……いずれ君にもわかって来るだろうけど、この世界にもいろいろと問題があるのさ。何しろ人間のする事だからね」

彼はそう言ってシニカルな笑いを見せた後、

「そのうちに僕の後釜が見付かるだろ。君が巣立って行くのを見定めて僕も旅立つさ」

私は胸が詰まりそうでした。彼がやめて行く。彼がサイトスクリーナーでなくなれば、私と彼との繋がりも無くなる。今度こそ彼は完全に私の前からいなくなってしまう。そんなバカな！　――けれども、その話が嘘なら嘘で、私にはもう一つ、身を切られるほど辛い事がありました。

「……赤崎さんが……」

「スカーレット？」

「う…うん……あなた、あの人に、来年の四月まで、待って欲しいって、言ったんでしょ？」

「え？」と彼は怪訝《けげん》な顔。私は更に喘ぎ喘ぎ、

「あ…あたし、てっきり、あなたが、あたしが辞めて行ったあとで、赤崎さんと、一緒に

なる積りでいるんだ、って思ったから、それで、……」

　すると彼が、

「ちょっと待った！　確かに僕は、ノッコが来年の四月には辞めるって彼女に言ったさ。それを訊《き》かれたからね。でも、それまで待って欲しいなんて言った覚えは無いよ」

「ええっ？　それじゃあ……」

　飛び上がらんばかりの私に彼はまた頷いて、

「彼女の思い過ごしか君への面当《つらあ》てか、でなければ僕等《ら》の間を裂こうとして焦《あせ》ったんだろ」

「あ……」

「――どの道、彼女を責める必要はないさ。自業自得。後で彼女独りが苦しむことになる……」

　今の今まで揺れに揺れ動いた私の心とは対照的に、彼は冷たいほど冷《さ》め切って落ち着いていました。私は項垂《うなだ》れていました。たとえほんのしばらくの間でも、彼を疑い、彼から離れようとしたばかりか、自分自身の道さえ見失いかけた自分の軽薄さが恥ずかしかったのです。そんな私を引き戻してくれたのも、タク、あなただった。或いは今日こうして逢わなければ、私は心の奥底でいつまでもあなたを疑っていたかもしれない。そのことがまた、いよいよ私をして或る衝動へと駆り立てるのでした。私はじっと彼を見詰めていました。一点の曇りも無いその心をのぞかせるような、澄んだ金茶色の目がきらりと輝き、色のいいその唇にふっと笑みが浮かぶ。そしてそのうちに彼は、その締まった体をぴったりと寄せて来たのでした。そのままずるずると引き込まれるように、彼が後ろから私の肩を抱くのを私は何一つ抵抗できずに受け入れていました。その時私はまた、あの無色透明な温かくふわっとした何か大きなものに包み込まれたような感触を、背中全体に覚えたのでした。はっとした途端、

「大丈夫。僕の翼だよ」

彼が私の耳許でそう囁くのを聞きました。

「翼？」

翼――私はもう何度彼の口からこの言葉を聞き、彼の背中にその気配を感じ、その幻を見たことでしょうか。

幻と知りつつその感触の快さに目を閉じていたその時。私の脳裏をサーッと横切った、目映《まばゆ》い真珠色に輝く巨大な一つのイメージ。揺らめく陽炎《かげろう》のスクリーンの中に形作られたその像は鳥でした。私の前方に舞い降りて、揺れる炎の羽冠を振り翳《かざ》したかと思うと、目眩《くるめ》く光の飛び交《か》う翼を打ち展《ひろ》げてこちらへ迫って来たのです。射るような鋭い目にピカァッと走った青白い十文字の光。紫の稲妻が宙を切って閃《ひらめ》いたように見えたのは、その脚《あし》の鋭い鉤爪《かぎづめ》でした。カっと開いた嘴《くちばし》の中は噴火口のように真っ赤に燃えていました。吹

き付けて来た熱風と目を灼《や》く光明に手足も竦み、思わず悲鳴をあげて目をつぶり、ふと気が付いた時。私はタクの胸に抱き取られていました。

私はつい今まで一体どうなっていたのだろう？　今見たのは何？　夢？　幻？　でも、あれは正《まさ》しく、幼い時にこの目で見た〈火の鳥〉！　……タク……あなた……

「そうだよ。もう十八年振りだね。あの時は、君を傷付けないでどうやって山小屋まで連れ戻そうかと考えたさ。余計な心配させて、もうっ」

耳許に吹き掛けて来るようなタクのその言葉に私は唖然。

「さあ、これでもうわかっただろ。僕が年を取らないし、死なない理由《わけ》が……僕には翼が有るし、爪も嘴も有るって言った理由《わけ》が……それに、君が僕から離れられない理由《わけ》がね」

そして、

「何もかも君が見て知った通りさ。あれが僕のもう一つの姿なんだ。エジプトでは〈フェニックス（不死鳥）〉、インドでは〈ガルーダ（神鷲）〉、中国では〈鳳凰〉、ロシアでは〈火の鳥〉と呼ばれた。その時分から鳥の姿で地上へ降りてはあっちこっち飛び回っていたからね、ふふふ……。誘拐されて殺されかけている君を見付けたのも偶然だったし、大きな木を一本蹴倒して君を助け出したのも僕のほんの気紛れだったけど、その時僕は、君の素質を見抜くと同時に、まだ小さかった君の未来に不吉な雲行きを見てしまった。これを救わずに帰ることはない、人一人幸せにしてやれないでこの道はないと僕は思った。それ以来、僕はずっと君から離れずにいる。君は何も知らずに僕に随《つ》いて来てくれた。僕が君の前から姿を消している間も、君の後ろで僕の分身が見守っていることさえ知らずにね。」

彼はそこでふうっと一息ついて、

「だから君は何も僕に対して義理立てして苦しむことなんかないのさ。感謝しなければならないのは寧《むし》ろ、君を通じて修行させて貰っている僕の方なんだから。」

そして更に、

「君のためにもう一働きさせてくれるね？」

もはや何もかも彼の口から聞いてしまった私はじっと彼を抱き締めるのでした。が、

――

「君だけじゃない、もう一人、彼女のためにも何とかしなければね……」

彼が更に私の耳許でそう言うのを聞いて、

「彼女？……」

私は一瞬硬くなりました。彼はふっと笑って、

「スカーレットさ。いいんだよ、もう君は何も心配しなくても。ははは」

「あ……」

私はそれきり言葉を失ってしまいました。ほっとするよりも愕然としてしまったのです。何ということ！　これだけ彼を信頼していながら、私はまだ嫉妬心から離れられずにいるのだろうか？

彼は私を抱いたまま再び話し始めたのでした。

「昔、君は人間をやめたいと思っていたことがあったね。人間としての不幸や不自由を鋭く見詰めて嫌ってた。今の人間社会の状況を表面だけ見てのことだったたし、経験も浅かったから僕は黙ってたけど、君のその見方や思いは恐らく今でも変わっていないだろ。いや、寧ろ深まったかもしれない。僕は、そんな君の心が熟す時をずっと待っている……」

そして、

「もう十分だとわかっていても欲しがり求める。自分が正しくないとわかっていても怒り憎む。やってはいけないと知っていてやめられない。人間の心の闇はそれほど深いんだ。それどころか、どのくらいで十分なのか、誰が正しくて誰が間違っているのか、何をやってはいけないのかも知らない人間さえいる。今に始まったことじゃない。それが昔から変わらない人間の不幸の根源なのさ。君のその厭世観は決して間違ってはいないけど、それだけでは何も解決出来ないのじゃないかな？　――人間に生まれて人間として生きている以上は、人間であることから逃《のが》れられない。でも、心の闇から逃れることは出来る筈……。君も僕と一緒にそこまで随《つ》いて行って欲しいんだ。たとえどんなに遠回りしようとね」

今度こそ私は返す言葉を失い、ただただじっと彼を抱き締めるのでした。

ああ、あなたのその永遠の甘いマスクや優美で精悍な黒豹のイメージを纏った姿だけじゃない、その底知れない優しさや凍り付くような理性も、やっぱり普通の人間のものじゃなかった。あの時の〈火の鳥〉さん！　あなたにならもう何をされても構わない、何を求められてもいい。

後ろ髪を彼の手に弄《いじ》られているのをくすぐったく感じたのも束《つか》の間《ま》、彼の腕に抱《かか》えられてゆっくりと後ろに押し倒された私は、忽ちあのふくふくとした温もりと快いしなやかさに絡み付かれ、組み敷かれていました。胸が高鳴り、息が弾《はず》み、体も火照《ほて》って来て、またぞろ自分の中の何かが燃え始めたと感じた時、私は目を閉じていました。

眩《まぶ》しい。じっと目をつぶっているというのにこの眩しさは？　瞼を貫いて網膜に、着衣を貫いて皮膚に、そして肉体を貫いて魂の底にまで達して来るような、そんな眩しさ。その眩しさの中に再び青白く輝くあの二つの目を見、真紅に燃えるあの嘴《くちばし》を見、あの目眩《めくるめ》く光の翼を見、紫色に閃《ひらめ》いたあの稲妻の鉤爪《かぎづめ》を見、……目映《まばゆ》い真珠色の燃える羽毛にくるまれて半ば陶然としているうちに、私は次第に眩しさの中へ吸い込まれ、融《と》け込んで消えて無くなって行く自分を感じていました。もはや全くの無抵抗でした。……

（十四）

その後の月曜日。私はさすがにまだ落ち着きませんでした。朝、足許の浮いたような気分で病院に出た私は病理の部屋へ行った途端に、

「松宮君、おめでとう！」

「おめでとう、通ったんですって？」

と、早速祝福の言葉を浴びせられました。

「見事な成績だったね。いやぁ、よかったよかった」

武村先生からもそんな御言葉を戴きましたが、私は「はい、御蔭様で……。」とお答えして無理にでも笑顔を作るのがやっとでした。

「さあ、こうなったら、御子神君やGさんにも頑張って受けて取って貰わにゃならんね」

「あ……」

「言われてしもぅた」

「困ったわン」

――などと言って笑い合っておられる皆さんの声も上《うわ》の空、私の目はすぐにタクの姿を求めていました。が、その部屋には彼の姿が見当たらず、私はふらふらと隣の部屋へ。辺《あた》

りをちょっと見回しながら覚束無《おぼつかな》い足取りで作業台の傍《そば》を通り抜けたその時。後ろからぐっと両肩や背中に伸《の》し掛かって来たあの力強いしなやかさと柔らかな温もり。

「おはよ……一昨日《おととい》の晩はよく眠れた？　ふふふ」

果たして耳許でそんな声が聞こえました。後ろを振り向くと、タクがいつもの黒い姿で嫣然《えんぜん》とそこに立っていました。ふさふさした前髪の陰でキラリと光った金茶色の目、透き通るような桜色の頬、ちんまりした唇の間からちらっとのぞいた白い歯。今朝《けさ》の彼は一段とあどけなく素敵でした。

恥ずかしさを思い出してふと気が付けば、私はいつのまにか彼の腕に引き寄せられていました。私はやはりちょっと戸惑ってしまって、つい口をついて出た言葉は、

「あなたが知らせたのね？」

何を今更、というような表情も見せずに彼はこっくり頷いて、

「みんなびっくりしてた。僕が仕込んだんだから当然ですよ、って言ったら笑われてしまった。」

私はふっと吹き出してしまいました。同時にほろっと涙の粒が目から溢れ落ちて、思わず顔を伏せようとした時、彼の手がつと私の顎を捕らえていました。彼はにこっと笑って私の涙を手でそっと拭き取ってくれて、

「さ、あっちへ行こ、ぼつぼつお茶がはいる頃だろ」

その後のあの部屋の陽気だったこと。話題は例のサイトスクリーナーの資格認定試験についてでした。真面目な話の中に笑いを織り交ぜながら、武村先生が・御子神さんが・Gさんが、試験の出題傾向や試験場の状況などいろいろとタクに質問される。受けて来たばかりのような記憶の鮮やかさでそれに答えているタクを見て、彼も嘗《かつ》ての受験者だったと改めて知った私。真に受けて来たばかりの私の方は、終始タクの後ろにひっそり隠れて皆さんの話を聞き流していたのでした。

やがて武村先生が医学部の方へ出て行かれたのを初めに、御子神さんやGさんも隣の部屋へ。タクも立ち上がって白衣を羽織ったのでした。そして「ねえ、ノッコ」と言って、顔を上げた私の方へ向き直り、改まった表情で、

「これからの仕事だけどね。僕はもうダブル－チェックはやらないから、自分のサインで結果を出すようにね」

「えっ、あたしのサインで？」

「そう。陰性《ネガティヴ》だったらそのまま自分のサインだけで結果を返すのさ。疑陽性《サスピシャス》以上か陽性《ポジティヴ》だと思ったら、一応自分のサインをして、武村先生に見て貰って判定を仰げばいい。わかるね？」

「うん……」

「見落としや見誤りや見過ごしをしてしまってももう誰も責任を負ってはくれないよ。本

当にわかってるね？」

　私はちょっと戸惑いながらも頷きました。いよいよ私もプロとしての道を歩き始めるんだという喜びと、万が一の失敗をカバーしてくれるものが無くなる不安と。今の彼の言葉に揺れ動く私の自信をやっと支え直してくれたのは、私の実力を証明してくれる例の試験の成績でした。もはや私は自分の眼を信じる以外にないのです。

「よし、そうと決まったら今日《きょう》から早速始めようか。……うん、じゃ、こうしよう。どちらか一人が台帳付けと検体処理をやってる間に、もう一人が染色と封入をやる、ということにしたら。それも一日交代でね。スクリーニングはそんな雑用の無い時にやればいいさ、時間は幾らでもあるし。ただ、君はまだ駆け出しだからね。観《み》る枚数の上では僕がカバーしてあげてもいい。何かわからないややこしい細胞が出て来たら僕に訊《き》いてくれてもいいしね」

　そうして、隣の部屋へ行こうとした彼が優しい眼差しをこちらへ投げ掛けていたのを、私は見落としませんでした。

　細胞診の報告書に初めてのサインをした時は、それこそ感激と不安でいっぱいでした。もう少しサインの練習をした方がいいな、などと考える余裕が出て来るようになったのは一週間程経ってから。そして程無く私は部長室に呼び出されました。行ってみればなんと、来月から三ヵ月間だけアルバイトとしての給料を払ってあげるというのです。同時に、部長さんから合格へのお祝いや励ましの御言葉まで戴き、私は素直に喜んでいいのかどうか迷いました。病理の部屋に戻った途端ににこにこしているタクとばったり顔が合って、

「またあなたなの？」

ついそんな言葉が飛び出してしまいました。彼は笑って、

「武村先生に相談しただけだよ、僕は。礼を言うんなら先生の方。」

「でも、」

「もういいんだってば！　君は君なりに苦労して来たから報われた。そう思って素直に喜べばいいのさ、何も卑下することはないんだよ」

「あ……」

私はもう何も言えず、彼の厚意の前にただ嬉し涙の乾くまで立ち尽くすのでした。

私の試験合格や三ヵ月間のアルバイト起用のニュースは、それからまもなく中検全体に拡がったようでした。私の努力の賜物と評価して下さる人、ただ運が良かっただけだと無視する人、タクとのことを羨み根に持つ人、……いろんな噂や陰口を聞きました。たまに心から「おめでとう」と言って下さる人はあっても、私に面と向かって悪口を言う人は遂にありませんでした。やがてその年も暮れ。今まで味わったこともなかった自分の仕事への充実感と今後への希望と。そして、昼となく夜となく目に見えぬ彼の翼に守られている安心感と、それに対する感謝の気持ちと。静かな幸福のうちに時は過ぎて行きます。

私達は一つのテーブルに向かい合って座り、じっと黙ってお互いを見詰め合っていました。年明けてまもない頃、初雪の舞う日の昼休み。病院近くの喫茶店での事でした。

昼食を終えてその店に入り、空《あ》いたテーブルでコーヒーを注文して本を読んでいた時、前に誰か立っている気配がして、顔を上げると向かいの椅子に彼がもうちゃんと座っていました。白衣を脱いだ黒い姿。寄って来られた店の人に「ホットーコーヒー」と一言言って、こちらを見た目がキラッと光る。周囲を見回そうとした私の袖を引いて、

「大丈夫。誰も来ないよ」

そう言い切った彼でした。

思えば、病院での奇遇の日以来、私達二人の間には無駄話などというようなものは殆どなかったようです。もし無駄話といえるものがあったとしても、彼の言葉は必ず私の記憶に焼き付いているのでした。そうでなければ、私達はこうやって黙っていることが多かったのです。――〈火の鳥〉さん。あなたは、私にはとても想像の及ばない世界に住んでいるのね。そんな素晴らしいあなたが、あなたの持っているその無限の時間のほんの一部分を、こうして私みたいなしがない女の子と一緒に生きてくれているなんて、私にはまだ信じられない。ひょっとしたら、あなたが人間ではないってこと、忘れてしまうんじゃないかしら。）――なんて考えていたその時。テーブルへコーヒーが二つ一緒に運ばれて来

ました。

　私はふと思い出して、

「今日《きょう》はどうしたの？」

「うん、……ちょっとね、……」

　と、彼はコーヒーへクリームを注ぎ込んでスプーンで掻《か》き回す。そうして目を伏せて、

「僕の後釜が見付かったらしいよ」

「えっ、本当？」

「うん。今朝《けさ》、速水《はやみ》先生から直々《じきじき》にそんな話があってね。まだ中検のみんなには内緒だけど」

　私は少し身を乗り出していました。

「その人、スクリーナーなの？」

「うん。資格を取って四年目だって。」

「ふうん。」

　彼はコーヒ－カップを取り上げて、

「それに、今年は御子神さんやGさんも細胞診の試験を受けられるそうだからさ、」

　そしてコーヒーを一口含んで、ふっと一息ついて、

「これで安心して辞められる」

聞いて、私は寂しさを感じずにはいられませんでした。そうか……。みんな、落ち着くべきところへ落ち着いて行く。身を引いて旅立とうとする彼自身も、彼の後に来るという人も、御子神さんもGさんも……。それなのに、私だけが未だに宙ぶらりん……。

すると、その時。

「君のポストも見付かったことだし」

「えっ？」

私はびっくりして彼の方を見ました。

「あたしの、就職先？」

彼はちょっと笑ってゆっくりと頷いたのでした。「コーヒーが冷《さ》めるよ」という彼の声にはっとして、震える手で砂糖とクリームをコーヒーへ注ぎ込んだ私。彼は更に、

「今はまだはっきり言えないけど、まあ、ライセンスのコピーと履歴書でも用意して待ってるんだね。ふふふ」

あ……！　私はまた彼の方を見ました。彼はそれきり黙って、しかし静かな微笑を浮かべ、コーヒーを啜りながらじっとこちらを見ていました。ふさふさした前髪に見え隠れしながらキラキラ輝く涼しい目。引き締まったその頬もカップを持つ手の指先も桜色に輝いて見えました。眩《まぶ》しい。あまりにも眩し過ぎる。この眩しさのエネルギーは、きっとあなたのその永遠の時を翔る〈翼〉から流れて来ているのね。羨ましいといえば羨ましい限り

だけど、あなたはそれで寂しくはないの？　あなたは一体何を求めてそんなに永く生き続けているの？　〈火の鳥〉さん！……

やがて立ち際、テーブルの端の方に伏せてあった勘定書きを私が取ろうとするより早く、サッと取り上げてカウンターのレジへ持って行ってしまった彼。店を出た時、外はどんより曇り空。ちらちらと粉雪の舞う中を私達は病院まで肩を並べてゆっくりと歩きました。確かで静かな彼の優しさが、今年一番のこの寒さを忘れさせてくれます。もはや誰かに見られていて噂されようとも私は平気でした。

二月に入った或る日の事。その日は私が台帳付けと検体処理の当番でした。机に向かって座り、依頼票の内容を台帳に書き写していた時、電話が掛かって来ました。

「はい、中検病理です。」

「あ……、もしもし、そちらに美杉さんという人、居《お》られますか？」

聞き慣れないやや低い男の人の声。多少関西訛りが聞き取れました。

「はい、居《お》られます。」

「ちょっと呼んで戴けませんか、栗原《くりはら》という者ですが」

「はい、しばらくお待ち下さい。」

私が振り返った時、折しもタクは作業台の前で標本を染め終わったばかり。立ち上がっ

た彼に向かって「タク」と呼び掛けました。彼は振り向いて、

「え？　僕に？」

「うん、栗原さんとかいう人」

「あ…ああ、」と頷きながら近寄って来た彼に私は受話器を手渡しました。そしてまた仕事を始めると、

「もしもし。こんにちは。……うん、元気元気。……ははは。……うん。……うん。……え？　今電話に出よった子か？　うん、まだ若いで。……誰やって、俺のガール－フレンドやないか。……ほんま。……ほんまや言うてるのに。ははは……え？　……ふふっ、ほっとけや、もうっ！　はははははは」……

　電話口で楽しそうに受け答えしている彼はキレイな関西弁。私は呆気にとられていました。

「……えっ、これからか？　……ああ、ほんまに。ふうん。……え？　……ああ、なんや、ははは、まだ知らなんだんか。今どこに居《お》るねん。……ああ、そこか、わかったわかった。あのな、そこからちょっと南へ行った角っこにポストがあるやんか。その角っこを左へ曲がってやね、……うん、ほんで真《ま》っ直《す》ぐ行きよったら大《お》っきい道路へ出るわ、角っこがガソリン－スタンドやし。……うん、ほんでからその道路を真っ直ぐ南へ行ったらええねん。ほならすぐわかるわ、大っきい建て物やからな。診療棟の、東五階やで。……うん、そし

たらまた後で。……はいはい」

自分の方を珍しそうに見ている私の視線に気付いたのか、彼も電話を切ってからじっと私の方を見ていました。

「どうかした？」

と笑顔で彼に言われ、私はちょっと面喰《めんくら》って、

「あ…あなた、関西弁も喋るの？」

「え？　うん、そりゃ、どこの国のどんな言葉だって、十年も二十年もいれば嫌《いや》でも喋れるようになるさ。」

そう答えた言葉遣いは既に本来の彼のものでした。十年も二十年も……と来た。何やらまた気の遠くなる話になってしまいそう。しかし、彼はもう何も言わずに笑ってその場を離れて行きました。

栗原さんという人がやって来られたのはそれからしばらくして後。タクが標本のラベリングを終えて鏡検室へ行き、顕微鏡の前に座ってスクリーニングを始めた時のことでした。私は窓際の遠心分離機の傍《そば》で生《なま》の検体の処理をしていました。ふと気が付くと隣の部屋に誰か客人が訪れている気配。しばらくの間タクと親しそうに話している声は電話で聞いた声でしたが、顔まで確かめる暇もなくタクがその人を外へ連れ出して行ってしまいました。

やがて昼近くになって一人で部屋に戻って来たタク。午前中の仕事を終えていた私は、

机に向かって座った彼にそっと近付いて、

「タク、さっきの人は？」

「栗原さんか？　面接だけして帰って行った。昼から仕事するからって」

「面接？」

「そう。あの人さ、僕の後《あと》に来るっていうのは」

「ええっ、本当？」

「うん。他の人にはまだ内緒だよ。御子神さんやGさんにもね」

「うん。……」

　更に聞けば、彼とその人は、あの国立H病院の倉本先生の下で共に学んだ仲間だということでした。そして、彼が私の耳許で小さな声で、

「あいつさ、スカーレットに一目惚れしたんだって。僕が付き纏われて困ってたんだって言ったら、必ず俺のものにしてやるんだって息巻いてた。」

　そう言ってくすっと笑って立ち上がり、白衣を脱いで部屋を出て行きました。

　そういえば、執拗なほどに私達から離れようとしなかったあのスカーレットの姿はいつしか次第に遠ざかり、今では影も形もありません。彼がその不思議な力で、人知れずしかも自然にあの人が遠ざかり離れて行くように仕向けたのでしょうか。そしてそこへ、都合好《よ》く別の人物を引き合わせて……。

また一嵐吹かせる積りなのかしら？　〈火の鳥〉さん？　……

（十五）

三月に入った土曜日の晩でした。家中が寝静まった真夜中、二階の私の部屋のガラス戸をコツコツと叩く音に私は目を覚ましました。ベッドから起き出し、部屋の明りをつけてカーテンを開いてみたところが、なんとガラス戸の外からタクが笑って部屋の中を覗き込んでいるではありませんか。錠を外《はず》してガラス戸を開《あ》けると、肌を刺すような寒気と共に夜の闇から色の白い顔と両手を浮き上がらせた彼が、窓枠に手を掛けて身を乗り出していました。そしてにこっと笑って小さな声で、

「ちょっと邪魔するよ。入っていい？」

「う…うん、いいけど、……」

ここは二階で、下は足場も無いのにどうやって……？　と口に出しかけたのを呑み込んで私は笑って頷きました。もうそんな野暮なことは訊かなくてもいいのよね。彼も笑うと窓枠を乗り越えてカーテンの間からすっと部屋の中へ。窓を立て切った時、つい今の寒気がウソのように消えていました。

彼はズボンのポケットに両手を突っ込んで背中をやや丸めた姿勢でじっと立っていました。ふさふさした前髪の下からキラキラと輝く金茶色の目。何かしら彼の方から吹き付けるようにジンジンジンと放射されて来る一種の霊気に圧倒されて、私はベッドの上に腰掛けたまま黙って彼を見ていました。やがて彼はゆっくりと私の部屋を見回し始めたのです。ワインーレッドの絨毯を敷き詰めた六畳一間にベッドと机と椅子、衣装ケースと箪笥《たんす》に大きな本棚、壁にはルームーエアコン。女の子の部屋にしては恥ずかしいほど道具類に占領された飾り気の少ない部屋でした。

「あんまりじろじろ見回さないで……」

と私が少し遠慮勝《が》ちに言うと、彼は笑って、

「どうして。いいじゃない、質素で」

そう言って椅子を引っ張り出してこちらを向いて座るとまた笑っていました。そして、ちょっと改まった表情で、

「実はね。今日《きょう》の昼間、君が帰った後直《あとす》ぐ電話が掛かって来てさ。月曜日の朝十時から面接しますから来て下さいって。」

「面接？　あたしが？」

「そう。今度君が行く所。」

「本当？」

「うん。電話してもよかったんだけど、……」

「それだけ言いに、こんな夜中にわざわざ?」

私がそう言って笑うと、

「うん。そう。明日《あした》は日曜日だし、ゆっくりしてやろうと思って」

と彼も笑っていました。

「……あ、場所を教えておくよ。何か書く物ある?」

「うん、ちょっと待って」……

私がメモ用紙とボールペンを差し出すと彼は一気に何やら書き込みました。そして私がベッドに戻って腰を降ろし、彼から手渡されたその紙を見ようとしたその時。部屋がパッと暗くなり、びっくりして顔を上げてみると彼が部屋の明りのスイッチを切っていたのでした。そうして彼は静かに私の方へ近寄って来たのです。

なんとか彼の顔の輪郭がわかる程の終夜灯の光だけの暗い中で、ベッドの上に仰向けに寝転がった彼の胸に顔を埋《うず》め、またいつかのように涙をぼろぼろこぼしていた私。そんな私の頭や首筋・肩や背中を撫で摩《さす》り、髪の毛を弄《いじ》りながらじっと抱いてくれていた彼。

「……人間の本質は結局血と汗と涙だ、っていうのが僕等《ら》の通論だけど、君を見ていると全くその通りだと思うね」

そのうちに彼のそんな声が聞こえて来ました。

「まだるっこいけどそこがまたいじらしい……ふふふ」

そして、

「人間から見たら、差し詰め僕等《ら》は風と光なんだろうな。そんな僕等《ら》が人間の苦しみを理解しようと思うのがそもそもの間違いなのかもしれない。況《ま》して人間を導こうなんて思い上がりも甚だしいやね」

彼のそんな言葉に私は思わず顔を上げていました。途端に彼はキュッと私を抱き締めて、

「ふふ……ごめん、君にはわからないんだった」

彼はそう言って笑うとまた黙って優しい愛撫を繰り返しているのでした。

それからどうしたのか。私はいつのまにか眠ってしまっていたようです。目が覚めた時はしらしら明け方。気が付くと私はちゃんとベッドで布団を被って寝ていました。彼の姿はありませんでしたが、窓のカーテンがゆらゆら揺れていて、起き出て行って見るとガラス戸が二、三センチばかり開《あ》いていました。そして机の上には昨夜《ゆうべ》彼が何か書き込んだ紙とボールペンが……。

その後の新しい就職先——彼があの紙に書いて行った場所・即ち今の私の職場——での面接とその数日後の採用決定の知らせが私にはちょっとした緊張と大いなる喜びでしたが、それ以外では実に無事平穏な毎日でした。そして三月の下旬に入り、人事異動などが明ら

かになった時でした。中検に春の嵐が吹き荒れ出したのは。その張本人は他でもない、自分の後に他の人を呼び込んで籍からその名を消したタクでした。

「美杉さん、辞めるの?!」

「どうして?!」

「辞めてあとどこへ行くんですか?!」

……廊下などで会う人毎にそう声を掛けられていたようです。誰よりも衝撃を受けたのは多分あの赤崎さんだったでしょう。でも、その後あの人がどうなったか私には知る由もありません。

私にとっても彼にとっても最後の日。それは朝からよく晴れた土曜日でした。昼過ぎ、二人での最後の食事も何もかもが終わった後、私は彼の手に引かれるまま一緒に病院の屋上へ出ていました。そしてじっと無言で見詰め合っていました。柔らかい陽光が射《さ》し、まだ肌寒い中に仄《ほの》かな暖かさを孕んだ風の吹く中、感慨無量でした。

「今度逢う時はあたし、もうおばあちゃんになってしまってるかな」

私がぽつりとそう言うと、彼は笑って、

「いいんじゃないの、それでも。……しかし、それじゃ間に合わないね」

「えっ、何が?」

私がそう訊き返すと、彼ははっとして一瞬戸惑っていた様子。つい今の彼の言葉といつにないそんな彼の様子に私は二度びっくりしたのですが、やがて彼はにっこり笑って白衣を脱いでいました。そしてそれを、――染《し》み一つ無い、紫外線の匂うその白衣を後ろから私の肩に羽織らせてくれると、彼はゆっくりと私から離れて柵の金網の傍《そば》まで歩いて行き、太陽に背を向けて立ち止まったのです。しばし強い風に髪の毛を靡かせながら表情の無い乾いた目でじっとこちらを見ていた彼。と、彼のその黒い姿は太陽の光と後ろの金網の網目模様の中へ溶け入るように見る見る色を失って行きました。急に風が緩やかになり、彼の姿が完全に見えなくなった時。私は、今や彼の唯一つの形見となった白衣を抱き締めてその場にくずおれ、気の済むまでその白衣に涙を滴《したた》らせていました。……

成長することの楽しさと難しさ、友情の素晴らしさ、恋愛の甘さと苦しさ、勉強の大切さ、仕事の厳しさとやり甲斐、……何もかも、彼が独りで私に味わわせてくれました。しかも、そのような抽象的な言葉などあまり口に出すことなく、彼独自の言葉と行動で……。そして、そういった人生の様々な味を通して、超えるべき私自身の醜さ・愚かさ・弱さ・幼さ・至らなさを次々示してくれました。もう目には見えないけれど、これからもまだまだ私を守り、教え、導いてくれようとしている、私にとって理想の塊のような、そんなタクを知ってしまった私は、当分――否、ひょっとして一生涯、他の男の人との結婚なんて出来そうもありません。少なくとも、欠点だらけの人間同士がお互いを縛り合い、傷付け合い、補い合うような、何時《いつ》破れるとも知れない結婚は。
　以前から興味を持っていた〈霊〉に関する本より一歩進んで、ごく最近は仏教書を手にするようになりました。表面的には昔のタクの寝物語を懐かしく思い出しながら、その内奥の哲理の深さには今更のように驚かされるのです。そして何よりも、後々の彼の私への〈口説《くど》き〉言葉、それこそ彼のこの道への誘《いざな》いだったのでしょうか？　そういえば彼の本身は、仏教（密教）では「金翅鳥（こんじちょう）」或いは「迦楼羅天（かるらてん）」と呼ばれる大鳥の姿をした天部の神様なのです。

（完）